Nul si découvert

VALÉRIAN GUILLAUME

Nul si découvert

ÉDITIONS DE L'OLIVIER

Ce texte est lauréat de l'Aide à la création de textes dramatiques – ARTCENA.
Avec le soutien de la Chartreuse de Villeneuve-lez-Avignon – Centre national des écritures du spectacle.

LA CHARTREUSE
Villeneuve lez Avignon Centre national des écritures du spectacle

ISBN 978.2.8236.1598.2

Avec toutes ces idées qui me brûlaient le cœur je me suis dit qu'il fallait vraiment que je me bouge que je fasse quelque chose alors je suis parti au Corner voir s'il y avait quelque chose à voir et pour un jeudi matin c'est clair il y avait pas grand monde il y avait même carrément personne

J'ai dit bonjour à Martine et au sourd elle m'a demandé si ça allait et elle m'a donné un petit verre à sa façon pour me changer l'esprit

Depuis que Maman est morte c'est vrai j'avoue j'arrive plus trop à parler et puis j'ai tout le temps mal au cœur et puis je sais pas j'ai tendance à me projeter à m'imaginer des choses et j'étais pile en train de divaguer quand est entré le fils Pasquier avec son air du grand monde je me suis dit tiens lui ça fait un bout j'étais surpris de le voir parce que je me demandais où c'est qu'il était parti je savais seulement qu'il s'était retiré parce que monsieur étudiait monsieur fréquentait les hautes sphères de l'intelligence maintenant il revient ici pour aider sa sœur à faire le tri et les choses et finalement après avoir causé un peu il m'a raconté ses déboires avec l'existence humaine il m'a dit que c'était pas simple qu'il y en a une qui s'est barrée avec son gosse qui finalement n'est peut-être même pas le sien comme quoi ça sauve pas tout d'avoir eu le bac avec mention il a pris une goutte de William Peel et il s'est taillé il avait pas l'air super bien mais ça m'a quand même fait plaisir de le voir et puis surtout ça m'a diverti après ça j'ai donné un coup de main à Martine on a rentré les chaises parce qu'il commençait à pleuvoir j'en ai profité et je lui ai raconté un peu mes tristesses elle m'a dit que c'était normal va qu'à mon âge il fallait pas s'inquiéter avec les choses de la vie et que j'avais juste besoin de détente et de souffler puis elle m'a dit d'aller à la piscine parce que ça soulage les nerfs et elle m'en a remis un petit

Martine elle est pas croyable tant elle connaît les gens et les vérités

On a un peu parlé du fils Pasquier évidemment elle se souvenait parfaitement de lui normal car Martine n'est pas de celles qui sont oublieuses elle vous verrait une fois ne serait-ce que vous reviendriez deux heures trois semaines vingt ans plus tard ce serait pareil qu'elle vous remettrait j'ai jamais vu quelqu'un qu'avait autant de mémoire d'ailleurs dès qu'il y a un truc c'est elle que les flics viennent voir pour demander tant elle sait tout sur tout le monde mais elle leur lâchera jamais le morceau c'est un être à qui on peut donner sa confiance aveuglément parce que d'une part elle ira jamais répéter et d'autre part elle viendra jamais juger qui que ce soit c'est pour ça que tout le monde l'adore c'est elle qui nous a vus grandir

On arrivait au bout de l'averse et le sourd s'est mis comme il le fait parfois à sauter en l'air de droite à gauche en faisant ses sons sa musique et rien que ça ben ça a fait rire Martine elle m'a demandé si j'avais pas faim je pouvais rester avec eux si je voulais mais je ne voulais pas gêner alors j'ai dit non merci et elle m'a dit que c'était pas bon de ne pas manger alors je lui ai dit que c'était pas ça mais que j'étais attendu pour le déjeuner alors elle a fait semblant de me croire parce qu'évidemment c'était pas vrai personne ne m'attendait Martine m'a dit qu'il fallait que je voie du monde alors j'ai dit oui et je me suis dépêché j'ai bu puis j'ai donné ce que je devais j'ai dit au revoir puis je suis sorti

Dehors la pluie s'était calmée mais le ciel tirait la gueule entre gris clair et gris foncé on ne savait pas ce qu'il voulait dire je ne savais pas tellement non plus où aller alors pour ne pas attraper froid j'ai suivi mes pas et j'ai fini par arriver sur le parking du Centre et c'est là que j'ai marché doucement vers les distractions et le contact humain

En plus c'est trop bien car en ce moment il y a des vigiles à cause des bavures ils changent régulièrement c'est jamais trop les mêmes mais quelques fois si enfin ça dépend vu que c'est une boîte qui les gère moi j'adore y aller quand c'est Jef et ce jour-là c'était pas lui mais pas grave puisque c'était un grand noir magnifique que je n'avais jamais vu et qui m'a fouillé à la va-vite mais suffisamment pour que je ressente l'émotion que j'aime et que mon chagrin disparaisse un peu c'est incroyable de sentir d'aussi belles mains à la fois protectrices et inquisitrices je reconnais sans problème que l'idée de pouvoir être soupçonné m'excite un maximum et je persiste à penser qu'il devrait y avoir des vigiles partout afin que tout le monde puisse avoir son plaisir car non mais c'est vrai quoi y a pas que chez le médecin qu'on devrait être tripoté ben oui sentir le contact c'est important et puis ça me met dans un tel état que rien n'est grave autour de moi la vie les drames s'absentent se retirent et ça me change alors quand les journées sont grises dans mon cœur je vais me faire fouiller à droite à gauche dans les magasins et c'est toujours très sympathique après je ne pourrais pas cacher qu'il y en a qui fouillent mieux que d'autres c'est une vraie vocation faut avoir le geste et le coup de main et puis surtout faut être alerte et attentif pour moi ceux qui fouillent le mieux je suis désolé pour les vigiles du Centre mais ce sont les gendarmes c'est magnifique il faut voir leur coup de main le doigté surtout c'est impressionnant malheureusement se faire un beau flic c'est pas souvent mais dès que j'ai une occasion je fonce ils palpent tout tout tout alors moi je fais exprès de mettre des pantalons avec plein de poches sur l'un d'entre eux je ne devrais pas le dire mais j'ai même fait rajouter des poches à la machine dont une petite au niveau de l'entrejambe ce qui fait que la dernière fois le flic magnifique avec ses beaux gants blancs m'a tâté les cuisses et son index droit a frôlé mon boubou c'était divin je revois la scène j'étais tout blanc et j'ai bien failli faire un malaise et lui tomber dans les bras c'est un des plus beaux moments de toute ma vie

Pour suivre le chemin du plaisir j'ai été voir les belles choses

D'abord j'ai regardé les téléphones chez SFR puis j'ai été chez Claire's pour voir les bijoux les barrettes les chouchous les bandeaux et j'ai pas arrêté de caresser les fausses mèches et les rajouts super doux après j'ai été voir les nouvelles perceuses au Roy Merlin puis les crèmes chez Yves Rocher tout le monde a été vraiment hyper gentil et j'ai trouvé les rayons impeccables et si fournis que j'ai presque pas pensé à mes tristesses

Je chéris ces moments où je ne pense à rien où j'oublie le douloureux et les mauvais sentiments

Je me laisse voyager de produit en produit de boutique en boutique de vendeur en vendeur je n'achète que très rarement mais le plaisir de la découverte et de la connaissance est unique j'ai envie de tout savoir et pour ne pas manquer les opportunités je tente d'apprivoiser mon environnement un peu comme les chiens quand ils arrivent vers vous pour vous sentir et ça peut paraître idiot mais à chaque fois je sens que ça me fait du bien c'est comme des petits voyages mais faut y aller doucement car c'est bien connu les voyages ça creuse l'appétit alors vu que c'était juste à côté et vu que j'avais mon démon dans le ventre et puisque c'est vrai il faut tout de même bien manger je me suis décidé comme je le fais de temps en temps à me faire plaisir en m'offrant le Flunch en plus c'est trop pratique puisqu'il est directement à l'intérieur de La Grande Galerie ce qui fait qu'on n'a même pas besoin de sortir du Centre et que l'on peut y manger avant ou après avoir rempli son caddie alors bon pour l'entrée je faisais pleinement confiance à la sélection du moment qui proposait une assiette de deux belles tomates aux crevettes mais dans la queue des plats j'étais complètement stressé parce que j'arrivais pas à choisir entre le Tennessee rösti burger la pièce du boucher et le couscous aux trois viandes certes le couscous c'est chaleureux c'est oriental mais j'ai trouvé que les merguez étaient trop petites et sur le coup je dois bien dire que j'ai eu peur de me faire arnaquer pour le burger je redoutais qu'il n'y ait pas assez de Sauce Spéciale car j'aurais eu peur d'en demander en rab c'est pour ça que j'ai fini par opter pour la pièce du boucher garantie tendre que j'ai demandée bien cuite mais en allant chercher mon Pepsi au distributeur de boissons j'ai glissé sur une frite ce qui fait que je suis tombé sur le carrelage avec mon plateau dieu merci j'ai sauvé l'entrée qui ne s'est pas renversée mais on ne peut pas dire la même chose de mon morceau de viande qui a valdingué sur le carrelage à trois ou quatre mètres de moi je dois dire que j'ai trouvé tout le monde vraiment hyper gentil parce que personne n'a ri et y a même un très jeune monsieur Flunch qui m'a relevé et il m'a dit ça va et j'ai dit ça va il m'a pris par l'épaule jusqu'au buffet et il m'a rempli l'assiette d'un autre morceau encore plus gros puis il a demandé à sa collègue de lui passer les sauces barbecue et samouraï et avec les tubes il a réalisé un très joli cercle de sauce pour faire le pourtour de mon morceau ça faisait décoration d'assiette donc trop sympa déjà et de voir la gentillesse comme ça ben ça m'a ému en plus et pourtant c'est pas mon genre de dire ça comme ça mais j'ai pensé et je le pense encore d'ailleurs mais le garçon je dois bien le dire il était vraiment craquant et attentionné c'est rare aujourd'hui j'ai eu l'impression celle-là qui arrive parfois de reconnaître quelqu'un qu'on a connu dans une autre vie oui j'y crois à la réincarnation tout comme j'y crois pas mais en tout cas pour être un peu honnête dans cette histoire je suis convaincu que chacun a toujours une seconde chance qu'on peut être pourri quelque part et un champion ailleurs je me suis assis à ma table fétiche celle à côté des garnitures là où sur les murs sont figurés des fruits et des légumes dans des coloris marron et beiges en ce qui me concerne je faisais face à un radis géant et pouvais apercevoir sur les murs adjacents quelques bananes fraises et une mégatomate plus loin je dois avouer qu'au niveau des légumes à volonté je me suis donné de tout mon être j'ai pris tout ce que j'ai pu à part les pommes frites toujours trop chaudes car je me suis souvenu de la fois où je m'étais brûlé la langue j'ai mangé avec mon démon petits pois carottes écrasé de pommes de terre haricots frites semoule macaronis tomates et poivrons en flunchant le cœur flanché je me suis éclaté certaines garnitures étaient naturellement un peu froides mais c'est pas grave du tout car des micro-ondes sont disposés dans les quatre coins du restaurant ce qui fait qu'on peut toujours manger à notre température favorite et faut dire que manger froid ne me dérange pas non plus

Pendant tout le temps que j'ai mangé j'arrêtais pas de regarder la carte des glaces qui était disposée devant moi et en mangeant ma purée je me suis mis à rêver de fraise melba et de délice coco et trop choubi parce que le client est même invité à composer lui-même la coupe ou le cornet qui lui ressemble parmi la liste des parfums proposés et je ne sais comment je ne sais pourquoi mais une idée m'est venue au beau milieu de ma lecture entre le parfum nougat et le parfum Snickers pourquoi ne ferais-je pas un crochet au Go Sport pour voir un peu les choses et acheter un slip de bain

Alors dans l'excitation de cette idée j'ai foncé dans les bacs des garnitures pour tout manger et avant que le personnel n'arrive je me suis empressé de finir les haricots et de boire le dernier tube de ketchup mais dans la hâte je m'en suis fait une tache en forme de la Corse pile au milieu de mon tee-shirt à manches longues le cuistot est sorti de sa cuisine avec sa très grande toque il m'a dit eh oh il faut que vous appreniez à en laisser un peu pour les autres alors gêné je me suis levé et j'ai été déposer mon plateau en souriant gentiment au cuistot et à tout le monde qui attendait pour se servir j'ai dit au revoir mais personne ne m'a répondu

Ah lala

Malgré la crise finale j'y ai passé un beau et tendre moment comme l'une de ces petites bulles dans le quotidien des choses et des habitudes en partant j'avais trop envie de prendre un ballon pour me rappeler avant mais je l'ai pas fait parce qu'à mon âge

En marchant je me suis rendu compte à quel point je me sentais consolé de mes tristesses c'est idiot mais le pouvoir de la viande et des petites choses me désinquiète m'éloigne des incertitudes le repas m'ayant quelque peu alourdi chacun de mes pas était une petite épreuve largement surmontable mais qui se faisait sentir au niveau des mollets et des cuisses ce qui fait que je suis arrivé en sueur devant le Go Sport et quand je suis entré à l'intérieur du magasin tout le monde me regardait je ne sais pas pourquoi alors moi j'ai fait mes rires et j'ai demandé pour les slips de bain mais tout de suite après avoir demandé je me suis mis à regretter parce que le contact avec Sébastien le vendeur m'a foutu la pression j'avais peur de ne pas être à la hauteur il était bien rasé et très éloquent et il me regardait intense avec son parfum du diable ce qui fait que j'ai perdu tous mes moyens c'était infernal je transpirais comme jamais et j'ai bien failli me pisser dessus rien qu'à lui donner ma taille et à lui répondre par oui et par non il m'a proposé un premier article avec élastique à la taille et cordon ajustable qu'il m'a juré discret et confortable alors je le lui ai arraché des mains en disant merci et en continuant mes rires je suis parti en courant avec jusqu'à la caisse je me suis dépêché de payer et en faisant mon code eh bien j'ai senti des larmes sous mes yeux mais je ne les ai pas pleurées ces larmes je les ai gardées pour plus tard au-dedans de moi j'étouffais alors je suis sorti à toute vitesse il fallait que je prenne l'air heureusement dieu merci le Centre je le connais par cœur et j'en sais toutes les entrées et toutes les sorties sans quoi ce serait un vrai labyrinthe

Mais c'est pile en sortant du Centre que je suis tombé sur Pierrick qui m'attendait il a foncé vers moi il sentait très fort le One Million il m'a attrapé par l'épaule en me serrant fort comme d'habitude et il m'a dit alors ça se passe la vie alors j'ai dit oui et j'ai fait mon rire alors il m'a tapé le cul en riant puis il m'a dit de lui filer cinquante euros pour sa gamine qui a sept ans aujourd'hui parce qu'il aimerait bien passer la voir pour lui faire un cadeau je me suis dit qu'il fallait que je refuse mais vu qu'il me serrait hyper fort et que j'arrivais pas à le regarder dans les yeux à cause de l'émotion je lui ai dit d'accord mais j'ai failli pleurer quand j'ai dû lui dire que je ne les avais pas sur moi

Alors il m'a tenu jusqu'au distributeur j'ai inséré ma carte tout doucement dans la fente et j'ai caressé une à une les touches avec mes doigts pour composer mon code secret perturbé par Pierrick qui me tenait j'ai saisi sans faire exprès le montant maximal de retrait et un bouquet de billets est sorti alors Pierrick m'a poussé pour le cueillir et je suis tombé par terre il m'a dit merci et en riant il m'a relevé et m'a redonné une énorme claque sur le cul

Ah lala

Les êtres quelquefois traversent problèmes et douleurs et il est naturel de devoir les aider à se rendre meilleurs pour retrouver la lumière dans les yeux mais entre Sébastien le vendeur et Pierrick je me sentais complètement stressé alors je me suis allongé par terre pour respirer et me remettre et c'est comme ça allongé sur le parking que je suis redescendu de mon vertige mais je sentais quand même encore le mouillé de ma transpiration dans le bas de mon dos et dans le creux de mes fesses où quelques gouttes ruisselaient par endroits mais j'ai respiré grand puis j'ai fait une prière secrète comme je sais et ça s'est stoppé il était à peine 14 heures je redevenais sec et merveille j'avais encore la journée devant moi et de penser à ça je dois dire que ça m'a excité d'une manière nouvelle ça m'a excité tant que je me suis relevé un peu trop vite alors j'ai eu des étoiles et je me suis mis à siffloter des musiques rigolotes qui me passaient par la tête avec mon slip de bain tout neuf dans la main j'ai longé tous les autres magasins passant d'un parking à un autre laissant derrière moi le grand Centre pour mettre les voiles vers Promod Darty La Foir'Fouille en passant par Cash et La Pataterie et ça jusqu'à arriver à LaBaleine

Sur le chemin la lumière du jour baignait dans ma tête et je sentais mon humeur folle et j'étais fier car jusqu'ici je trouvais que je faisais ma journée du jeudi dans l'ordre et dans le plaisir sans me tromper avec méthode tout à fait normalement une chose l'une après l'autre je me sentais enfin prêt pour glisser vers l'inconnu et tout en sentant battre mon cœur à l'intérieur de ma peau je ne pouvais pas m'empêcher d'écouter le vent qui au-dessus des parkings remuait le ciel et c'est étonnant et bizarre de dire ça mais ces émotions-là me faisaient pousser comme une boule dans la gorge et c'était pas très pratique pour avaler la salive qui commençait je l'avoue à déborder partout autour alors là encore petite prière mais ça n'a pas marché tout de suite j'ai attendu trente secondes puis j'ai réessayé et cette fois-là miracle ça a fonctionné et très drôlement tout mon souci que je vous parle s'est stoppé et la lumière du ciel a changé c'est drôle c'est bizarre la vie autant quelquefois ça peut rien que d'autres fois si c'est dingue ça me rappelle comme des fois les oiseaux dans le ciel sont obligés de beaucoup remuer les ailes pour aller là où ils veulent et comme d'autres fois ils n'ont qu'à se laisser porter par les courants chauds du sentiment de l'amour qui est le sentiment suprême sur cette terre comme dans les cieux

Je sentais bel et bien que j'étais encore nerveux alors j'ai repensé aux gentilles paroles de Martine qui est une femme mûre de bon conseil et ça m'a fait chaud dans la poitrine car arrivé devant LaBaleine j'étais ravi de pouvoir enfin voir comment c'est fait à l'intérieur parce que le chantier a duré au moins quatre ans et le complexe vient d'ouvrir il y a à peine deux mois c'était long mais ça en valait la peine parce que tout est hyper neuf et très joli il y a même des palmiers tropicaux à l'entrée ce qui fait que c'est vraiment immersif tout est éclairé avec une lumière bleu foncé et des étoiles de mer des dauphins et des baleineaux sont suspendus au plafond ce qui fait qu'on entre dans LaBaleine comme on entre dans une histoire et ça oui ça me plaît beaucoup et puis surtout ça fait plaisir d'avoir enfin une piscine digne de ce nom comme ça aussi près de chez soi faut dire que sur ce coup la communauté d'agglo nous a vraiment tous gâtés

La piscine c'était complètement nouveau pour moi et ça tombait bien parce que je me sentais pile à un moment de ma vie où j'étais enfin prêt à donner un peu de moi à m'investir à faire des efforts à surmonter mes appréhensions mais bon on dit que l'eau ça fait du bien à la tête à l'esprit et à machin alors oui je veux bien mais moi bizarrement je sais pas pourquoi la piscine ça me tend tout me tend là-bas je veux dire les cabines les douches le carrelage qui glisse les serviettes mouillées le chlore qui brûle les yeux le savon mousseux en libre-service et surtout il y a que j'ai peur qu'on me juge rien qu'à mon bide et à mon slip de bain qui peut-être me rentre un peu dans les fesses et puis bon faut bien dire que je suis pas un champion olympique je barbote pas non plus ça va je me débrouille à peu près enfin je crois

J'étais résolu à me donner de tout mon être

J'arrive dans le hall au guichet je dis bonjour personne alors je redis bonjour une seconde fois mais plus fort alors j'entends une voix derrière me dire j'arrive j'arrive ah ça y est enfin on m'entend je dis c'est pour nager et là en face de moi elle arrive là vraiment devant moi avec ses longues nattes blondes elle me demande si c'est la première fois moi embarrassé je baisse la tête j'avoue je dis oui et tout de suite après elle me demande si j'ai mon bonnet avec moi je n'avais pas de bonnet alors je commence à paniquer à bredouiller des mots à trembloter je suis au bord de mes gouttes et puis dans ma tête tout s'emmêle alors sans faire exprès je me mets à hurler que je ne savais pas évidemment elle s'étonne elle me regarde de haut en bas et m'observe bizarrement donc je rougis c'est normal elle me montre le panneau en me disant regardez c'est écrit sans le bonnet je ne peux pas vous laisser entrer je deviens rouge comme de la viande j'ai une envie soudaine de disparaître je fais couler une larme discrètement sur son guichet à l'endroit de la coupelle pour ramasser les pièces et elle dans un éclat elle se met à rire je veux dire qu'elle commence limite à se foutre de ma gueule à me dire qu'il faut pas faire cette tête que j'ai l'air pas bien que j'ai l'air nerveux et c'était pas faux car sur le coup j'ai vraiment cru que j'allais y passer puis en plus comme si ça l'amusait elle s'est mise à en rajouter une couche en me disant d'une voix stricte terrifiante que de toute façon sans le bonnet elle n'a absolument pas le droit de me laisser entrer dans les bains compte tenu des directives que de toute façon c'est pas elle qui décide elle n'est là que pour appliquer le règlement que c'est comme ça un point c'est tout que si tout le monde faisait comme il voulait on ne s'en sortirait plus elle me dit que le bonnet il coûte trois euros et que c'est à prendre ou à laisser j'ai senti les bouffées me prendre à l'intérieur de moi et la transpiration diabolique venir à une vitesse folle je me trouvais là devant elle incapable de produire le moindre son le moindre mot je luttais contre les bouffées et pour résister je me retire au-dedans de moi je prononce intérieurement des formules nouvelles et d'un coup je vois toutes ses dents à l'intérieur puisqu'elle se met à exploser de rire elle me dit que je devrais voir ma tête puis d'un coup elle vérifie tout autour d'elle personne du coup elle me reregarde et me dit à voix basse je vais pas vous faire tout un cirque pour un pauvre bonnet tenez vous avez rien vu et elle me donne le bonnet je veux dire elle me le donne gratuitement en cadeau quoi non mais c'était juste wouah j'arrivais plus à rien à bouger rien tellement j'étais subjugué je ne sais pas combien de temps je suis resté à la regarder complètement hypnotisé par ses nattes et sa pureté je ne sais pas comment ni par quelle magie elle m'a touché le cœur à ce point-là mais ça m'a juste rendu dingue de voir autant de gentillesse et de beauté en si peu de temps puis bon j'avoue j'étais trop content avec mon beau bonnet de bain bleu et même je n'ai pas pu m'empêcher de la trouver choubie la petite baleine dessinée dessus et qui sortant d'un toboggan nous adresse un clin d'œil généreux et complice alors oui bon d'accord passons cabines douches gnin-gnin-gnin serviettes chaussettes mouillées les cris les coups de sifflet les peaux mortes et les bains pour les pieds parce qu'une fois dans le grand bassin j'ai pas trop trop réussi à me détendre du premier coup mais quand j'ai pris une frite là c'était pas nul mais j'avoue j'arrivais pas vraiment à me concentrer sur ma nage j'avais l'impression que tout le monde me regardait pour bien voir comment je nage mal ce qui fait qu'assez rapidement je me suis réfugié au milieu du courant tropical dans lequel je me suis laissé porter avec la frite et une planche en mousse c'était super pour mon imagination et formidable parce qu'il n'y a rien d'autre à faire que se laisser guider par le courant artificiel

Ah lala

Si seulement la vie tout entière pouvait se faire sur une planche en mousse ce serait quand même plus pratique

Tout le long de cette rêverie aquatique je ne pouvais pas m'empêcher de penser à elle et la manière dont son polo révèle ses courbes magiques et à sa voix et à son vernis marrant et à son rouge à lèvres noir et à la manière dont ses cheveux s'enroulent autour de son badge de fée j'avais trop envie de la retrouver et de rire avec elle alors j'ai quitté le bassin et en contournant la queue pour le Balénoglisse au niveau du Bassin des Marsouins j'ai commencé à courir alors je me suis fait siffler hyper fort mais je m'en foutais je me suis dépêché vers les vestiaires je me suis même pas rincé j'ai attrapé mes affaires dans le casier je me suis séché vite fait puis j'ai enfilé mes vêtements et là j'ai remarqué que me manquait une chaussette alors en vitesse je suis revenu sur mes pas et c'est par terre que je l'ai retrouvée trempée ça m'a rendu furieux car je déteste les vêtements mouillés alors tant pis je me suis chaussé sans chaussettes et je me suis précipité vers le hall d'accueil et misère elle n'était plus là la sublime alors pour l'attendre je me suis assis deux minutes sur un des poufs en forme de coquille Saint-Jacques géante et là j'ai eu la meilleure intuition de toute mon existence qui m'a fait sortir sur le parking et merveille la voici accoudée à la statue baleine de l'entrée

Je ne m'étais pas trompé elle prenait sa pause là divine dans ses mouvements et dans ses gestes là en train de fumer une cigarette alors je ne sais pas ce qui m'a pris mais sans réfléchir je me suis approché d'elle et je lui ai dit dans les yeux merci pour le bonnet ça me touche beaucoup et désolé pour ma scène et là j'ai senti le feu dans mes joues ainsi que la transpiration diabolique qui était dans le coin mais elle ben elle a souri et elle m'a dit tu me plais bien toi t'es marrant c'est pour ça le bonnet et puis de toute façon c'est pas ces connards qui verront quelque chose de toute façon ils sont tous trop cons à l'agglo en plus mon chef il est jamais là il est toujours occupé à serrer des pinces toucher des culs et à manger des verrines avec les maires et le grand patron elle s'est mise à parler de plein d'autres choses visiblement elle avait besoin de se livrer mais je dois être honnête et dire que de tout cela je n'écoutais rien d'autre que le langage de l'âme qui est derrière les mots de la vie et qui est le plus beau langage circulant entre les êtres le plus dingue dans tout ça c'est que moi ébahi par son charme je m'entendais dire des choses qui ne venaient pas de moi mais d'une sorte de conduit magique par lequel des forces supérieures me venaient en assistance me livrant dans la bouche des sons qui s'articulaient en mots et qui manifestement lui plaisaient beaucoup ce qui fait qu'étrangement je me voyais la faire rire je me voyais dire des choses belles pour elle je répondais bien à tout je disais tout ce qu'il fallait dans l'ordre mais c'est quand elle m'a demandé ma série préférée que j'ai excellé en répondant *Feedjy School* je ne sais pas d'où ça m'est venu mais j'ai visé juste puisque là fallait voir ses yeux elle m'a crié mais trop bibi mais moi aussi j'adore trop cette série mon conduit m'a même fait dire que j'avais tous les coffrets chez moi elle m'a dit ah bon wouah comment t'as fait ils coûtent trop cher c'est pour ça moi je les regarde en streaming ça reste cool mais ce qu'il y a c'est que ça rame tout le temps et ils sont pas tous disponibles ah merde bon j'y vais je dois y retourner c'est bientôt l'heure des vagues et elle s'est retirée lentement et avant de disparaître nous nous sommes jeté un dernier regard puis elle est rentrée dans LaBaleine moi je suis resté paralysé sur le parking complètement pétrifié par cet échange magique je ne me reconnaissais pas et j'avais en moi tellement d'énergie que j'aurais pu faire l'impossible mais l'impossible je ne l'ai pas fait parce que j'étais trop occupé à penser à elle j'ai marché n'importe où n'importe comment je regardais les nuages le bleu la vie autour et j'ai traversé la route sans regarder ce qui fait que le bus de l'agglo a failli me rouler dessus le chauffeur m'a klaxonné en me faisant des gestes d'énervé j'ai fait des désolé avec la bouche et j'ai continué à suivre mes pas qui embrassent le sol dans une danse dans le songe à moitié fou j'arrêtais pas de penser à elle à Leslie oui au fait elle s'appelle Leslie enfin sur son badge c'est ce qu'il y a écrit et je pense que c'est le vrai parce que ça m'étonnerait que la mairie fasse comme à Allô Service là où on se fait tous appeler Julie ou Julien wouah une jeune fée en CDI ce serait le pied je les imagine déjà tous là ils se la fermeraient mais se la fermeraient vraiment parce que là rien tu peux rien dire tu peux plus rien dire devant ça tellement ça en jette c'est la vie rêvée quoi

Ah lala

Leslie six lettres qui glissent dans ma tête comme le bonheur c'est le plus beau des prénoms et de tous les mots que je puisse connaître c'est somptueux en tout point et si fort en signification entretemps j'ai cherché et j'ai vu que les Leslie sont des êtres ouverts fiables sérieux disponibles courageux et qui détestent les hypocrites Leslie n'hésitera pas à affirmer haut et fort son avis elle ne se laissera jamais marcher sur les pieds créative son imagination la conduira à toujours trouver une solution à ses problèmes de plus le sens des valeurs et du travail sera un atout dans sa vie professionnelle Leslie fidèle en amitié mais la pauvre parfois peu confiante en amour aura toujours le cœur ouvert aux autres et saura tendre la main à celles et ceux qui sont dans le besoin c'est fou comme c'est rien que des vérités tout ça des vérités qui coïncident avec mon rêve et mon idée

À ce moment la nuit dans le ciel se faisait savoir et tout autour partout était rose et c'est pour ça que je me suis dit que c'était encore un signe positif alors j'ai marché avec la joie et le bonheur sur moi et pendant tout ce temps je n'ai pas eu mes écoulements je suis resté sec et heureux pour rentrer aux Ruisseaux d'Or j'ai marché à mon rythme les parkings se vidaient pour laisser place à l'harmonie des choses et au calme du soir j'ai marché jusqu'au pont et là soudainement je me suis arrêté et j'ai regardé la quatre-voies en dessous c'est poétique à cause des lumières des voitures rouges à droite et blanches à gauche c'est hypnotisant ce qui fait que je pensais je me projetais un peu et ça jusqu'à me projeter un peu trop je me suis demandé qu'est-ce qui va se passer du temps que je serai disparu puis ça a commencé à m'inquiéter j'ai regardé l'abri de bus au loin et le pont la route qui me survivront comme me survivront tous les commerces les ronds-points autour les voitures les sièges les volants des voitures et plus grand encore le jour la nuit sans cesse ça a commencé à faire chauffer dedans dans ma gorge et toutes les glandes de mon corps ont gonflé et je sentais que je me tassais que j'étais attiré vers le sol comme s'il me tirait du dedans vers lui et ça s'est bousculé tout partout au-dedans de moi et je transpirais à grosses gouttes j'ai eu l'impression de devenir orange comme le fond de teint de madame Couperin j'essayais de respirer mais j'arrivais pas puisque je sentais mes poils je me sentais cadavre et le ciel sur moi pesait ce qui m'a paniqué le cœur qui d'amour s'est remis à battre super vite alors je me suis dépêché de trouver un ticket de caisse dans ma poche et c'est sur le ticket du Flunch que j'ai fait un petit poème pour extérioriser parce que Martine elle dit comme ça que tout garder pour soi c'est jamais bon et comme toujours elle a eu raison car je me suis senti tout de suite vachement soulagé dans mes visions je quittais le pont confiant et apaisé quand j'ai reconnu la voiture de madame Nadine qui s'est arrêtée brusquement à mon niveau elle est sortie de sa Punto et elle a couru en criant il est mort il est mort puis elle s'est jetée sur moi pour me serrer elle était en larmes on comprenait rien à ce qu'elle disait mais heureusement tout en restant collée à moi la pauvre elle m'a traîné jusqu'à son coffre de voiture et elle m'a montré et c'était triste le cadavre de Napoléon elle m'a expliqué avec la morve qui vous coule qu'on l'avait trouvé écrasé au rond-point juste à côté au niveau du Promod la pauvre bête ne ressemblait plus à rien devant tant de chagrin et vu qu'elle tremblait à tout-va et vu qu'elle avait des sortes de convulsions qui faisaient franchement flipper je me suis proposé de l'aider à faire quelque chose de beau pour elle bon je dois dire que sur le coup je me suis mis à ravoir mes tristesses car j'ai repensé à la fin de l'existence aux choses qui partent et à ceux qui dans la vie nous quittent et ça m'a rudement ennuyé que la mort vienne à ce point-là compromettre mon moment d'amour et de projection mais bon il faut quand même se rendre serviable et gentil pour les tristes choses parce que c'est bien vrai qu'on est pas éternel madame Nadine me pleurait dessus avec la morve qui me tombait sur l'épaule et moi j'ai transpiré à cause de la tristesse j'aurais jamais cru que nos fluides purent un jour se mélanger de la sorte de plus elle me serrait de toutes ses forces et bien que ça fasse mal à cause de ses ongles qui vous rentrent dedans comme des griffes j'étais quand même ému de sentir le contact qui m'a fait intérieurement des choses alors avec mes gouttes belles j'ai commencé à la rassurer à lui dire que ça va aller que j'allais l'aider qu'il ne fallait pas s'inquiéter parce que les êtres ne meurent jamais dans les cœurs qui les rêvent alors elle m'a dit que j'étais très gentil et qu'elle avait eu de la chance de me trouver elle m'a dit que si je voulais l'aider il fallait que je reste près d'elle jusque chez elle alors puisqu'elle insistait je l'ai menée à sa voiture j'ai fermé le coffre je me suis assis et je me suis laissé conduire dieu merci elle vivait à cent mètres de là où je l'avais trouvée elle habite une petite maison vert pomme toute nouvelle dans la voiture je lui ai dit les mots les plus beaux que je connaisse parce qu'elle avait des spasmes lugubres et avait vraiment quelques difficultés à conduire heureusement on n'était pas loin mais c'est quand on est arrivés devant son portail et qu'elle s'est garée qu'elle a explosé elle m'a dit il lui faut une sépulture à la hauteur de mon amour pour lui elle m'a dit qu'il fallait le voir quand il venait le matin et qu'il se mettait sur ses genoux pour regarder par la fenêtre et quand il lui léchait le creux de la main avec la langue toute chaude et les parties de cache-cache dans le lit et puis comme il était jaloux quand d'autres venaient la voir et qu'il allait se cacher dans la buanderie pour se venger et elle a continué à me raconter sauf que je comprenais plus rien parce qu'elle tremblotait jusqu'au moment où elle s'est mise à hurler en boucle pourquoi choses partent pourquoi choses meurent Napoléon Napoléon pourquoi pourquoi puis elle s'est donné des coups de tête contre le volant de sa voiture ce qui fait qu'en plus du son terrible du crâne contre le plastique dur on entendait de brefs coups de klaxon qui ne présageaient rien de bon je lui ai dit de se calmer que ça pouvait arriver que je la comprenais parfaitement mais qu'il ne fallait pas se faire du mal car et je l'ai appris à mes dépens une douleur comme les trains peut en cacher une autre j'ai tenté une prière mais pas moyen d'établir la liaison je lui ai dit de ne pas s'en faire et quand je lui ai demandé si elle avait une pelle elle s'est tournée vers moi elle a écarquillé les yeux hyper fort elle est devenue jaune patate et elle s'est évanouie j'étais très embêté alors je suis resté sans bouger puis je lui ai fait des petites tapes mais vu que ça n'apportait aucun résultat je me suis mis à lui tirer les cheveux alors elle a repris connaissance elle m'a dit merci d'être là tu vas m'aider à faire une belle tombe et puisqu'elle se remettait à trembloter j'ai baissé le fauteuil avec le clic pour qu'elle s'allonge un peu et pour qu'elle arrête de se cogner la tête contre le volant et puisqu'elle avait bavé un peu partout je l'ai aidée à s'essuyer le visage avec des Kleenex qui se trouvaient là je lui disais ça va aller ça va aller mais à ce moment je n'étais plus sûr qu'elle comprenait ce que je disais je lui ai proposé de l'accompagner jusque chez elle en la tenant comme dans les films mais elle a gémi la pelle la pelle va me chercher une pelle et vu que j'insistais pour la ramener ben elle m'a foutu des coups en me disant non non va d'abord me chercher la pelle ne fais pas attendre Napoléon alors je lui ai dit avec ma voix de ne surtout pas s'inquiéter que je revenais tout de suite alors j'ai claqué la portière je l'ai laissée allongée là comme ça tandis que moi en vitesse je prenais la route vers les Ruisseaux d'Or pour me faire prêter une pelle

Je ne sais pas pourquoi il a fallu que je vive une telle scène madame Nadine j'avais pourtant jamais trop eu affaire à elle je savais pas grand-chose sur elle ici elle était surtout connue à ce qu'on la voyait souvent casser des assiettes sur la tête de son défunt mari je me suis dépêché et pour arriver au plus vite vers la pelle parce que la nuit tombait déjà j'ai pris le raccourci derrière le parking du EasyCash et c'est pile là que j'ai croisé le gars Gontrand qui a foncé sur moi je lui ai dit que j'étais hyper pressé que je n'avais pas le temps il m'a dit fais pas genre alors je lui ai raconté madame Nadine qui m'attendait dans la voiture et lui à la place il m'a redit ouais allez fais pas genre et il a commencé à me faire plein de tapes alors moi j'ai fait mon rire puis il a commencé à vachement insister à me dire allez viens donc moi j'ai dit non je peux pas alors d'un coup il m'a attrapé hyper fort par l'épaule en me disant mais allez fais pas ta pute viens boire un coup alors on a marché ensemble et en me tenant toujours il m'a montré son nouveau tatouage gorille psyché il m'en a parlé tout le chemin parce qu'apparemment au début il savait pas trop il était pas sûr et en fait la signification est venue d'elle-même et maintenant il ne s'imaginerait pas sans car c'est symbolique pour lui et en plus il va trop bien avec ses autres tatouages et puis surtout c'est comme une nouvelle peau et en plus trop kiffant parce que tout le monde n'arrête pas de lui demander où c'est qu'il l'a fait bon sur le moment j'ai trouvé qu'il en était un peu trop fier mais c'est pas grave ça reste Gontrand il est comme ça et au final je sais qu'il a bon fond et le temps de penser ça on était déjà arrivés au Corner chez Martine qui est la seule à ouvrir le soir après 20 heures

C'était super car il y avait de l'animation Martine semblait littéralement débordée comme toujours BeIn Sports était allumé c'était un match assez chiant au sein duquel Tottenham menait un à zéro face à Maribor personne ne regardait à part le sourd qui nous regardait ça la bouche ouverte c'est Martine qui a eu l'idée de souscrire à l'abonnement c'est une tarée de sport mais bon ce qui est dommage c'est qu'elle bosse tellement les soirs de grands matchs ce qui fait qu'elle peut même pas regarder une seule action mais après tout c'est comme ça qu'elle le fait le plus gros de son beurre car comme elle le dit ce sont des bonnes soirées pour elle par bonnes faut comprendre rentables alors elle se fait raconter les matchs moi de mon côté je crois que je m'en fous des matchs ce que j'aime c'est quand les gens ils ont l'air contents on s'est assis au comptoir c'est là que Martine est la plus accessible

Là-bas il y avait Gérard et son apprenti qui jouaient aux fléchettes Gérard avait décidé une fois pour toutes qu'on n'avait plus intérêt à l'appeler Gérard maintenant ce serait Jay à prononcer comme s'il y avait un d devant le j Djay sacré Gérard il ne supportait pas de voir passer les années il avait l'air bien il revenait d'un tour en camping-car et il avait les joues rouges comme seules peuvent l'être les rondelles de salami il m'a rien dit mais je suis toujours plutôt content de le voir car ce mec-là il n'en mène pas large avec sa dégaine mais c'est le genre de bonhomme spécialisé qu'arrive partout avec le geste et les manières de celui qui en connaît un rayon à côté de lui sur une table Daniel semblait un peu triste avec son Picon bière et ses rêves personne n'aurait cru que ce gars cette machine vivante ait pu avoir quelque chose quand on m'a dit que son cancer s'était déclaré je pouvais pas y croire parce que c'était impossible de voir quoi que ce soit mais maintenant que je le sais j'y vois les signes il faiblit mais il reste très discret avec sa maladie il dit qu'il attend calmement que ça s'arrête à un moment quand toutes les boulangeries se sont mises à fermer c'est ce gars-là avec son frère qui faisait dépôt de pain c'était pratique et comme c'était à cent mètres des Ruisseaux y avait même pas besoin de prendre sa voiture alors mon vieux souvent il y allait pour faire le coq et je ne sais pas quel genre d'éternité il y buvait mais il y restait scotché des heures ce qui avait le don de faire particulièrement gueuler Maman et aujourd'hui pour le pain nos chances sont doubles car on peut à la fois compter sur La Mie Câline et sur la boulangerie du Carrefour sans quoi faut dire qu'on serait perdus sur la table du fond dans le coin il y avait Steffie et Jérôme ils se regardaient amoureux et complices ces deux-là vivent une très belle histoire ils se sont mariés le week-end dernier un couple bien qu'à coup sûr selon Martine saura faire un bon foyer et le truc marrant de l'histoire c'est qu'ils se sont rencontrés dans le cadre professionnel chez Chronodrive lui est préparateur de commandes et elle livreuse c'est-à-dire qu'elle est chargée d'apporter la commande au client et de la mettre dans son coffre en gros c'est super complémentaire car là où finit le travail de l'un commence le travail de l'autre c'est ça le vrai amour à ce qu'il paraît ça s'est passé comme ça un soir après le boulot ils se sont causé et ça a marché je trouve ça trop chou en plus la sœur de Steffie elle est kiné juste à côté ce qui fait que Jérôme il peut y aller gratos pour son mal de dos j'écoutais les bulles de la bière dans le verre à Gontrand et j'attendais que Martine me fasse des attentions mais elle était trop occupée à visser des trucs avec Andrea sa belle-sœur espagnole qui a une vraie tête de parlementaire Andrea elle a rien à voir avec Martine je l'aime pas trop c'est une vraie regardeuse de pattes elle voit tout de suite si tu as les ongles bien taillés comme il faut belles mains beau maintien qu'elle dit tout le temps en attendant que Martine me prenne en considération j'étais bloqué avec Gontrand qui n'a pas arrêté de causer il était un peu triste parce qu'il ne sait pas ce qui leur a pris mais samedi à L'Albatros son père et un copain ont pété un plomb ils ont tout cassé les verres les bouteilles les néons heureusement dans la boîte il y avait Éric le flic qui a pu prévenir ses collègues en service pour venir les calmer maintenant c'est plus de cinq mille balles qu'ils doivent Gontrand il a dit qu'ils n'avaient pas besoin de ça je lui ai dit que j'étais désolé et puis tout de suite après je l'ai vu rire Gontrand il adore déconner il déconne tout le temps il ne s'arrête jamais il ne se laisse pas abattre c'est le genre de gars qui a vécu le pire et à chaque fois il vit ça comme une bonne blague il est pas toujours le plus futé de la terre mais je l'écoute parce qu'il est un peu plus vieux déjà mais surtout c'est un renseigné de l'espèce alors c'est pour ça j'avais envie de le lancer sur les filles pour qu'il me donne des tuyaux mais il m'a dit que les filles ça l'intéressait plus qu'il avait d'autres choses à foutre puis il m'a raconté que comme tout le monde il a eu son histoire sérieuse mais comme tout le monde ça a pas duré parce qu'avec la CAF ils ont dit qu'ils étaient en concubinage et tout ça rapport au fric du coup la CAF est venue pour contrôler leurs rapports et la CAF a dit qu'ils avaient l'air de magouiller et a mis en doute le fait qu'ils soient vraiment fous l'un de l'autre du coup ils en ont discuté et ils se sont dit que la dame de la CAF elle avait peut-être raison du coup le lendemain il a foutu sa nana dehors et ils se sont dit que c'était mieux comme ça et c'est vrai c'était mieux comme ça qu'il pense encore maintenant mais tout de suite après m'avoir raconté ça alors qu'allait poindre une larme il s'est remis à faire le con c'est dire à quel point Gontrand c'est un drôle Gontrand il s'est mis à imiter le singe il connaît tout sur les singes il les imite trop bien tant dans le corps que dans les bruits il est trop fort et puis il imite pas que les singes il sait imiter toutes sortes de choses il imite des tas de personnalités Chirac par exemple tu l'écoutes comme ça je jure que Chirac on le voit devant soi c'est un talent c'est un vrai don qu'il a moi je sais pas je ne serai jamais capable de faire ne serait-ce qu'un millième de ce qu'il arrive à faire moi ça me scie j'aimerais bien j'aurais bien aimé moi être le seul à savoir faire quelque chose comme jouer de la guitare ou n'importe quoi d'autre qui plaît parce que les imitations quand elles sont bien faites et c'est pas toujours le cas à mon avis mais quand elles le sont je veux dire bien faites les imitations ça tient tout le monde d'accord et tout le monde se marre mais se marre vraiment quoi moi j'ai essayé un peu de me lancer en secret Chirac j'ai essayé impossible non si le truc le seul truc que j'arrive un peu c'est la dame de ma messagerie mais vu que je suis tout le temps le seul à être chez Bouygues ben ça fait marrer personne mais moi je la trouve plutôt réussie mon imitation

Ah lala

Faire rire t'imagines t'es un Jamel comme ça t'arrives tu dis rien limite les gens ils t'adorent juste parce que t'es là ils t'adorent tellement ils rient ils te touchent mais bon c'est comme ça chacun est comme il est et c'est tant mieux pendant que Gontrand faisait le con tout le monde était occupé à le regarder je me suis assis dans mon coin et personne après ne m'a plus regardé on m'a littéralement mis de côté à part Martine qui enfin venait de me sourire de loin c'est comme ça qu'à nouveau j'ai commencé longuement à divaguer on entendait des gouttes il pleuvait ce qui fait que les gens attendaient la fin de l'averse il pleut toujours quand on est chez Martine Gontrand s'est calmé il a bu je sais pas combien de verres et il est resté sur un pouf à psychoter à l'intérieur de lui-même dehors sur la terrasse chauffée il y avait Pierrick et Clément son cousin qui fumaient et ils parlaient super fort en riant et en se faisant plein de tapes tout le temps ce qui fait qu'un peu plus tard quand ils sont revenus au comptoir on arrivait plus à s'entendre alors Martine a dit eh oh et elle a augmenté la télé alors eux ils ont parlé encore plus fort alors Martine a mis la télé à fond et plus personne ne s'entendait pendant ce temps moi j'étais pile en train de regarder Martine en lui souriant lorsque Pierrick est venu derrière moi pour me baisser le pantalon et j'ai été cul nu pendant au moins trente secondes sans pouvoir bouger car cela m'avait bloqué par le dedans et puis surtout j'avais peur pour mes gouttes et j'ai bien failli faire mes larmes terribles mais vu que ça faisait marrer tout le monde finalement j'ai rigolé hyper fort avec mon rire et tout le monde a rigolé encore plus et c'était hyper marrant

Pierrick est venu vers moi avec ses yeux orange qui vous secouent le ventre et il m'a dit pourquoi tu ris alors j'ai tout de suite arrêté alors il a répété pourquoi tu ris et vu que je répondais pas il m'a attrapé la tête et m'a foutu une petite claque en me disant pourquoi tu ris réponds pourquoi tu ris je me sentais bloqué de partout et ma gorge était hyper gonflée j'arrivais presque pas à faire des sons mais quand il m'a redonné une claque j'ai finalement réussi à lui dire je sais pas alors il m'a lâché en disant fort à tout le monde il est con lui il sait rien alors Clément et lui ont explosé de rire et même si c'était à mes dépens j'étais content de voir qu'il y avait entre eux deux une belle complicité qui se renforçait de jour en jour Pierrick qui avait l'air excité comme un diable est revenu vers moi en m'attrapant par l'épaule et il m'a demandé devant tout le monde si je préférais enculer ou bien me faire enculer et vu que je répondais rien il m'a encore tapé le cul hyper fort en riant mais c'est là que Martine est intervenue et elle a dit avec sa voix tu le lâches tu arrêtes maintenant alors il m'a tout de suite lâché et il a dit à Clément viens on y va et ils s'en sont allés mais après bizarrement j'avoue que le climat général est devenu tout de suite plus calme et personne ne disait grand-chose à part Gontrand qui expliquait à qui voulait qu'il avait vu une vidéo expliquant que ceux qui nous gouvernent appartiennent au même cercle secret et qu'ils se retrouvent régulièrement pour faire des cérémonies spéciales

La pluie tombait si fort qu'on n'écoutait plus ni la télé ni Gontrand il était bientôt minuit et le sourd m'a remis une bolée d'un quelque chose qui avait le goût de la mort et accoudés tous là sur le zinc la pluie a cessé pendant une minute même pas puis ça a repris mais de plus belle alors à l'intérieur autour ça causait plus beaucoup puis quand Jimmy est arrivé trempé ça causait plus du tout il a poussé la porte de derrière avec son genou parce qu'il portait deux fûts de cinquante il les a posés derrière le comptoir puis en servant un verre de Suze il nous a demandé ce qu'on foutait encore là qu'est-ce qu'on pouvait lui répondre rien et c'est justement ce qu'on a fait on a fait le silence et il a posé son chapeau de drôle sur la vitre du flipper puis il a dit d'aussi loin que je m'en souvienne combien de jours combien de jours combien de jours encore et rien certains attendaient la fin de l'averse qui ne finissait pas et les autres n'arrivaient plus à bouger moi je me taisais comme d'habitude je me taisais je regardais l'ampoule se balancer et ce soir-là j'avais matière à penser j'avais dans la tête un ange qui me berçait le cœur et m'endiablait la raison je laissais les images m'arriver puis j'évaluais le silence de ma tête car pendant combien de temps je sais pas mais ma tête s'est mise à ne plus faire de bruit à ne plus penser retenue dans un gentil vide absolu et tranquille et là putain merde la pelle j'avais complètement oublié madame Nadine Napoléon et la pelle alors dans la dépêche j'ai demandé de toutes mes forces une pelle et Jimmy m'a dit arrête de gueuler ou je te sors mais c'est Martine la sainte plus aidante et plus tendre que son fils qui m'a dit va voir derrière dans l'établi s'il y a pas quelque chose j'ai fait un drôle d'effet au Corner avec ma pelle de minuit passé mais sous la pluie j'ai couru de toutes mes forces je me suis trouvé trempé jusqu'aux os et quand je suis arrivé près de dix minutes plus tard devant chez madame Nadine rien voiture rentrée volets fermés j'ai fait ohé ohé mais rien ne m'a répondu alors épuisé par ma course j'ai erré entre les gouttelettes et les flaques de boue et c'est là que pour lui faire plaisir j'ai commencé à creuser un trou exprès pour Napoléon mais avec la pluie je ne faisais rien d'autre que remuer la boue j'avais vraiment hyper honte et j'espérais que je ne croiserais plus madame Nadine de toute ma vie je savais pas quoi faire avec la pelle alors je l'ai ramenée chez moi je l'ai posée contre la porte j'ai tout de suite été voir Maman je lui ai fait des baisers et je me suis empressé de m'asseoir à côté

J'étais trempé de chez trempé et je sentais la fatigue dans chacune de mes visions car passé minuit je ne suis plus que la moitié de moi-même tant les rêves et ma vie se confondent alors j'ai éteint la lumière mais sur ma chaise je ne pensais qu'à elle je n'arrêtais pas de me repasser la scène de quand entre deux bouffées de cigarette elle m'a regardé dans le fond de mon âme et je nous revoyais moi elle là sur le parking là avec nos phrases à nos oreilles dites et les secousses de nos ventres alors c'est pour ça que dans la seconde où nous nous sommes quittés j'ai décidé que Leslie serait l'œuvre de ma vie je me sentais prêt à tout pour elle je voyais en elle ma vie mon avenir mon destin depuis ma chaise je regardais le reflet du Velux qui à cause de la lune faisait miroir et je me suis mis à m'entrevoir à me deviner et tout d'un coup j'ai repensé au temps d'où je serai disparu et ça m'a glacé le sang je n'ai pas envie qu'une fois parti on vienne autour de moi pour me laver m'habiller m'arranger je veux seulement que l'on me laisse à moi la tranquillité avec mon petit monde en devanture mes petites idées mon petit cœur ma petite vie exprès pour moi

Ah lala

J'ai peur des miroirs des morts des visages et des choses et pourtant j'aimerais que les choses se révèlent et je dois bien avouer qu'après tous ces efforts de gouttes je me suis senti super fatigué j'avais chaud à mes joues mes joies moi ça me grognait dans le dedans alors j'ai compris que c'était l'heure pour mon démon alors on a ouvert le frigo et comme chaque soir on a improvisé un joyeux festin et on a mélangé les plaisirs Bounty Pick Up Philadelphia tartiné sur des tranches de Harry's sans croûte et du jambon blanc cuit à l'étouffée tartiflettes micro-ondables Babybel et gros gouda Dragibus M&M's et belle bavette chips aux crevettes chips moutardées à l'ancienne chips au poulet braisé cordon-bleu croustillant mouliné de légumes cassoulet épais et surimi mais d'avoir mangé aussi vite j'ai commencé à avoir très mal à l'intérieur alors je me suis ausculté du dedans jusqu'au-dehors et je me suis dit ça ira ou ça ira pas mais ça devra et sur ça je me suis efforcé de promener de l'air dans mes poumons moi pour me traverser moi puis j'ai rigolé moi tellement tellement ça me chatouillait le sentiment et les idées mais mon rire m'a épuisé ce qui fait que je pouvais plus trop bouger alors je me retenais de tout mon cœur et c'est comme ça que sans faire exprès j'ai plongé dans le somme figuré avec les formes jolies qu'on peut quand il y a dans la tête le rêve en train de se faire et en même temps je sentais mes gouttes je les devinais et c'est là que je me suis mis à me dire que la vie a du mérite mais n'empêche de penser à tout ça c'en était trop et je me suis mis à trembloter et quand ça me tremblote il n'y a qu'une chose c'est sucer oui quand dans l'existence les idées me paralysent me font mal j'évacue les choses d'une façon seule et cette façon-là c'est le suçage je le dis sans honte j'adore sucer de la glace ça me détend me canalise je possède actuellement neuf moules à glaçons trois moules en silicone et quatre moules en plastique et deux autres qui appartiennent au genre fantaisiste car le premier permet de congeler deux fois chacune des lettres de la marque Ricard et le second permet de réaliser deux fois cinq dinosaures différents classés par tailles brachiosaure stégosaure tricératops tyrannosaure et ptérodactyle avec tout ça j'ai de quoi m'occuper depuis peu j'ai rapproché le congélateur de ma chaise ce qui fait que je me suis octroyé la chance de n'avoir plus à me lever indéfiniment après chaque glaçon sucé c'est pratique et c'est au bout d'une soixantaine de glaçons qu'il m'a semblé voir dans le congélateur un visage j'ai frotté mes yeux puis le visage a disparu alors je me suis demandé quelque chose puis j'ai oublié ce que j'étais en train de me demander alors gentiment j'ai écouté la musique de la nuit et fidèle à moi-même je regardais les clignotis du dehors qui font rouge jaune rouge jaune par le Velux toujours et depuis ma chaise toujours je regardais la lumière du dehors qui chaque nuit accompagne mon rêve je me retrouvais là dans la nuit avec mon idée ma Leslie là dans la nuit avec mon démon heureux et repu sans inquiétude

Une fois tous les glaçons sucés j'ai discuté avec Maman sur le clic-clac je l'ai caressée je l'ai embrassée et je lui ai dit toutes les beautés puis je me suis endormi

Dans le jour veneur la lumière était formidable

Il faisait encore rose alors en vitesse j'ai embrassé Maman une dernière fois j'ai pris mon sac puis je me suis dépêché d'aller baigner ma tête dans la brume hyper belle du matin c'était de la barbe à papa

J'ai eu des envies de traverser l'époque avec le cœur et les choses pour respirer partout comment c'est la vie

J'avais les paumes légères et je sautillais de partout tellement j'étais impatient d'assister à la proclamation des résultats ce qui fait que j'avais dans mes idées de vrais rêves et c'était génial à porter à l'intérieur malgré les secousses qu'on ne peut pas éviter j'étais content parce que tout était là et moi j'aime quand les choses sont là quand les choses restent quand les choses ne s'en vont pas j'avais Leslie dans le cœur j'arrêtais pas de penser à elle j'avais envie de dévorer la journée de toute ma vie il y avait dans le rose-bleu du jour de petites gouttelettes dans l'air qui distillaient la pureté de la nature fragile qui nous gouverne

J'ai fait le tour des Ruisseaux d'Or et il n'y avait pas un chat et ce désert-là m'a donné plein d'idées j'imaginais Leslie partout dans la douceur j'imaginais Leslie de toutes les façons avec des coupes marrantes et des tenues charmantes le matin est le temps de l'invention et du ravissement et puis surtout c'est le moment de la journée où je transpire le moins

Ah lala

Je suis sorti des Ruisseaux complètement excité avec une faim terrible d'expérience et de contact alors j'ai foncé au Centre qui allait ouvrir je ne pouvais pas être en retard c'était la Matinée Mexicaine au Carrefour et puis faut dire que j'avais rudement envie de me faire palper j'étais déçu de voir que je n'étais pas le premier il y avait déjà une dizaine de clients à attendre avec leur caddie et quand ils ont levé le rideau métallique je me suis précipité sur la queue de droite car c'est la queue de Jef qui ce matin était de retour et qui comme je le disais a des mains absolument sublimes

Je laissais les péquenauds qui n'ont aucun goût se faire effleurer par David la fiotte qui effleure à peine

Ça m'a fait plaisir de retrouver Jef

Nous nous sommes regardés avec beaucoup d'amitié et puis c'était une très belle fouille ce matin-là car Jef qui est quelqu'un qui compte énormément pour moi m'a dit d'écarter les bras et d'ouvrir ma petite veste il m'a palpé les poches en me touchant les hanches puis il a ausculté mes poches arrière en m'attrapant la fesse droite franchement le chou venait de se raser et il sentait trop bon l'after-shave ce qui fait que j'ai fait au moins trois gouttes

Une fois à l'intérieur j'étais super stressé j'ai été impressionné de voir la métamorphose du magasin tout était changé il y avait des milliers de ballons des affiches géantes et même des mobiles cactus et banjo qui tournaient au-dessus de chaque caisse ça m'a vachement impressionné qu'ils aient réussi à faire tout ça pendant la nuit c'est vrai que de voir tous ces ballons dans l'allée principale ça fait comprendre que ça rigole déjà moins ça met la barre haut et puis quand vous arrivez au bout de l'allée vous avez une estrade aux couleurs du drapeau mexicain vert blanc rouge avec écrit Mexico en lettres capitales et puis c'était vraiment marrant car tout le personnel portait des sombreros bleus et rouges et j'étais trop touché quand Muriel qui m'a tout de suite reconnu m'a posé un sombrero sur la tête

Je suis sûr que ça peut paraître bébête pour certains mais pour moi wouah c'était un moment vraiment important un moment qu'en plus j'attendais depuis un bout de temps oui je peux dire que des formulaires de participation j'en avais mis facilement une centaine dans la boîte et ça faisait deux mois jour pour jour que je n'arrêtais pas de penser à ce séjour d'une semaine pour deux personnes au Paradisius Cancún Hôtel **** avec la formule all inclusive à deux pas de la plage et d'une valeur impressionnante de 3 500 euros pour un maximum de luxe et de fraîcheur

J'ai visité les stands en attendant que les participants arrivent et se rassemblent et dans la folie de l'amour j'ai fait un crochet à l'Espace Culture pour y acheter tous les coffrets de *Feedjy School* en deux exemplaires merci Maman c'est vrai que c'était cher mais tellement important pour moi à ce moment je ne pouvais plus cacher mon plaisir qui n'a fait que croître

Sur ça je me suis dépêché de me positionner au plus proche de l'estrade c'est comme ça que j'ai pu assister à l'arrivée fracassante de l'huissier du jeu-concours qui était franchement sublime avec des mains du diable et un pantalon marron foncé en soie qui lui moulait un tout petit peu le bout du sexe d'une façon unique et quand il a demandé à Muriel d'ouvrir l'enveloppe pour dire au micro qui d'entre nous allait s'envoler vers le rêve et les choses divines du repos de la détente et du bien-être j'étais complètement tétanisé je sentais tous mes muscles contractés à l'intérieur et mon cœur était un tambour terrible j'étais scotché aux lèvres de Muriel

J'ai fait tellement de prières que je me voyais déjà en amour sur mon transat là tranquillement presque pas habillé avec Leslie auprès de moi et devant nous le sable chaud le bruit des vagues les margaritas à tout-va et avec la main dans les cheveux devant des couchers de soleil effrayants de beauté je priais dans mon coin je priais à tout-va dans la foule je priais à voix basse d'abord puis de plus en plus fort jusqu'à pousser un petit gémissement qui n'a pas manqué de déconcerter les uns et les autres qui se sont retournés vers moi pour me regarder sur le coup j'ai pas eu honte car y a pas de honte à désirer la grâce et le plaisir alors je me suis donné de tout mon cœur à prier à invoquer et d'un coup je me suis remis à penser aux tresses de Leslie ce qui m'a fait sortir de ma prière et hop ça s'est retourné contre moi et c'est madame Françoise Dupieux qui a été piochée et ce qui est honteux dans l'histoire c'est que cette garce elle était même pas là elle a même pas fait l'effort de se déplacer comme les autres et le pire c'est qu'à ce qu'il paraît son mari il est ingénieur dans je sais pas quoi j'ai aussi entendu dire qu'ils étaient propriétaires

Sur le coup j'étais vraiment triste je me suis roulé en boule je me suis dit que des fois c'est quand même un tout petit peu tout le temps les mêmes mais c'est pas grave parce qu'au moins malgré la déception nous étions baignés dans une ambiance bien sympa qui a su me débouler et me faire oublier l'amertume de la défaite au milieu de tout il y a cinq musiciens qui sont arrivés par-derrière au niveau des palmiers gonflables ils étaient tous déguisés en Mexicains avec des moustaches et des sombreros géants trop marrants ils jouaient de la guitare de la trompette et des maracas c'était une musique tendre et festive qui réchauffe tout de suite le cœur et qui met d'attaque pour tout l'huissier lui avec son regard d'aigle qui voit tout continuait d'observer tout autour de lui et avait une tenue de corps extraordinaire on aurait dit un président de la République il avait une vraie classe il prenait note dans son carnet en cuir noir qui doit coûter au moins vingt euros il écrivait tout ce qui se passait il avait une chemise beige et une veste de costume noir corbeau et des chaussures qui brillaient tant qu'on y voyait en miroir les lumières du magasin qui s'y réfléchissaient de plus je dois bien dire qu'il était peigné d'une façon fabuleuse car sa mèche rebiquait sur son front de telle façon qu'en plus d'éponger les gouttes de transpiration perlant sur son front elle traçait une ligne parallèle avec la monture de ses lunettes à cadran rectangulaire qui lui donnait un air strict et personnel sur la musique de nos amis mexicains et sans faire le moindre mouvement l'huissier a annoncé au micro le nom des deux personnes qui auront la chance de participer au jeu du Caddie Contre-la-Montre

Là encore j'ai été déçu de ne pas avoir été tiré au sort mais rien que le fait de voir les participants se jeter sur les produits avec effort et gourmandise est déjà pour moi un très beau cadeau on était tous derrière un cordon rouge à les encourager en criant leurs prénoms tour à tour ils devaient se placer dans l'allée d'honneur et faire des allers-retours jusqu'au caddie d'or qui était sur l'estrade à côté de l'huissier afin d'y mettre le maximum de produits en sachant que les produits les plus proches de l'estrade sont les produits qui coûtent le moins cher et que les gros lots sont tout au bout de l'allée c'est pourquoi il faut bien examiner le terrain en amont afin de mener un parcours tactique et intelligent

C'est Léontine qu'a couru dans l'allée la première et puis Maxime ensuite

Après le top départ c'était trop marrant parce que Léontine c'est une vieille dame qui se remue bizarrement et qui courait pas très vite mais bon vu qu'elle a été tirée la première elle avait soixante secondes pour prendre tout ce qui lui faisait plaisir parmi les produits partenaires de l'événement mais elle a perdu au moins cinq secondes dès le début en manquant le top départ et puis bien qu'ambitieuse son état physique ne lui permettait clairement pas de faire une performance optimale par contre faut dire qu'elle n'a pas du tout démérité car elle a tout de même réussi à remplir le caddie de moitié et ce en produits divers avec une certaine malice Léontine a sauté en premier lieu sur la gamme Fructis du soin fortifiant à l'huile d'argan sans oublier l'après-shampooing au concombre la coquette n'a pas perdu son temps elle a aussi raflé toute la gamme Secrets du monde des liquides vaisselle Mir voyageant au Japon avec la formule cerisier impérial au Viêtnam avec la mangue à Cuba avec la menthe au citron vert et en Andalousie avec les arômes figue et grenade elle n'a pas oublié d'honorer les partenaires de l'opération en prenant un maximum de produits Pépito les Croc Sablé Pockitos et Mini Rollos elle a aussi pris un maxi pack de Sopalin plusieurs Mini Babybel par lots de douze du chocolat Côte d'Or au lait et aux noisettes entières et sur la dernière ligne droite elle s'est vraiment surpassée en portant deux gros paquets de Skip Active Clean j'étais bluffé de la voir aussi combative en revanche je dois admettre que je restais un peu déçu par les produits proposés pour l'opération car j'aurais souhaité qu'ils soient encore plus thématisés par rapport au Mexique mais bon c'était déjà super en plus c'était trop mignon parce que quand elle est arrivée au bout de ses soixante secondes avec sa lessive elle était toute transpirante et quand on l'a applaudie et que Muriel lui a dit bravo au micro devant tout le monde elle avait l'air hyper émue et ça se voyait qu'elle avait les yeux humides on lui a demandé alors contente et elle a dit oh oui au micro et elle a dit merci beaucoup avec une voix très douce

Toute l'équipe du magasin l'a embrassée puis sur un nouveau morceau de musique mexicaine le second candidat Maxime s'est mis en piste

Ayant été pioché en second il n'avait quant à lui que trente secondes pour montrer ce qu'il avait dans le ventre mais franchement j'ai pas envie de m'étaler sur ce mec parce que même s'il était beaucoup plus costaud physiquement sa prise d'espace son originalité sur le parcours et son inventivité étaient vraiment zéro il n'y avait rien de spectaculaire rien de généreux j'étais dégoûté

Bon déjà ça se voyait qu'il n'était pas là pour l'amour du jeu mais plutôt en mode mauvais joueur il a fait deux faux départs qui ont forcé Muriel qui arbitrait à recompter deux fois derrière lui ce que je trouve déjà franchement minable et décevant moi je dis qu'on aurait dû décompter ce temps de son chrono bref et ensuite les produits qu'il choisissait ne montraient aucune complexité dans la composition de son caddie il a pris rien que des Pépito et de la Desperados en masse en plus il avait honte de courir alors il était tout rouge et il trottinait à peine j'avais envie d'aller lui dire qu'il n'imaginait pas combien de personnes auraient aimé être à sa place des fois les gens n'ont aucun sens de l'invention et de l'originalité ça me rend vraiment triste une fois c'est pas pour dire mais j'ai suivi mon voisin toute une journée et j'ai trouvé sa conception de la vie et des choses franchement minable

Ah lala

Le jour où mon tour viendra enfin je donnerai tout ce que j'ai

Je me suis tellement entraîné dans mon imagination je les rendrai fous tant je serai parfait

Malgré la déception qu'a provoquée en moi le parcours de Maxime j'étais rudement heureux de vivre ce moment unique et puis j'insiste sur le fait que les Mexicains jouaient d'une manière telle que leur joie était communicative presque tout le monde avait le sourire et avait l'air de passer une délicieuse matinée le directeur du magasin Carrefour était là en personne et il a pris le micro et a parlé en articulant hyper bien chaque mot et en regardant chacun dans le plus profond des yeux c'est rare les gens qui regardent comme ça il a parlé longuement de l'importance pour la famille Carrefour de s'ouvrir à d'autres pays à d'autres cultures il a dit que son ambition ne se limitait pas au fonctionnement d'un magasin dont les chiffres font chaque année leurs preuves mais de faire de cette marque un lieu une communauté où les gens se rencontrent apprennent découvrent se nourrissent des uns et des autres et la façon qu'il avait de remuer ses doigts et de faire des rotations avec ses poignets m'a littéralement subjugué à un point tel que je suis devenu tout blanc heureusement pour me rétablir il y avait un stand burritos avec une dame géniale à la poitrine énorme qui criait yiha à chaque fois qu'un burrito était prêt ça coûtait trois euros mais pour du fait maison ça valait le coup en plus il y a le contact puisque tu vois ton burrito se faire devant toi et c'était tellement bon que j'en ai pris trois dont un que j'ai enroulé dans une serviette et que j'ai mis dans ma poche pour plus tard et c'était trop cool parce que des Mexicains sont venus exprès vers moi pour me donner un sac qui contenait une casquette cactus et plein de produits Old El Paso il y avait un kit pour faire des fajitas un trio de pots de sauce miniatures et un minipaquet de chips Tortilla Strips cheese sans gluten

C'était vraiment une super ambiance il y avait tout la musique le sourire des gens la gentillesse du personnel un très bel huissier et un très beau directeur une dame géniale avec des burritos trop bons et en plus pour les enfants il y avait une piñata Carrefour j'avais trop envie de jouer mais je me suis retenu en regardant ailleurs et c'est comme ça que j'ai fait un sourire à Muriel j'étais fier d'elle fallait voir comme elle avait animé la matinée à merveille alors elle m'est tombée dessus et devant tout le monde elle m'a demandé au micro si la matinée m'avait plu et d'un coup j'ai eu vachement la pression alors j'ai encore fait mon rire et j'ai dit oui et elle a dit c'est bien alors et alors j'ai dit oui et elle a dit qu'il faudrait faire ça plus souvent et là encore j'ai fait mon rire et tout le monde me regardait alors j'ai eu ma transpiration diabolique qui a fait son entrée sur la scène de mes angoisses j'avais hyper mal au ventre à cause de mon démon qui riait en moi et qui commençait à s'agiter et à avoir ses envies de sucre ce qui fait que je me suis un peu éloigné de la fiesta dans l'idée d'aller prendre l'air alors j'ai traversé La Grande Galerie pour sortir côté Flunch mais en arrivant à proximité du distributeur de la BNP entre la photocopieuse en libre-service et le Photomaton je me suis mis à marcher tout doucement car le hasard de la vie venait de mettre un ange aux doigts d'argent sur ma route je me suis approché de lui sur la pointe des pieds pour ne pas qu'il s'envole

L'ange était dans sa belle tenue orange et gris qui lui moule tout ce qui est judicieux d'être moulé je me suis approché de lui très près sans qu'il me remarque et par chance j'ai pu le voir ouvrir la vitre de la machine Selecta avec son badge

C'était extraordinaire

En plus il avait avec lui son petit chariot à roulettes plein à craquer il a plongé ses mains dedans puis il s'est mis à réapprovisionner la machine d'une manière unique je me rappelle encore l'ordre Kitkat rang 31 M&M's rang 32 Kinder Country rang 33 Kinder Bueno rang 34 Skittles rouge rang 35 Skittles vert rang 37 chips Vico nature rang 21 chips Vico saveur barbecue rang 22 Twix rang 23 Snickers rang 24 Ourson d'or rang 25 Caprisun rang 26 Coca normal rang 11 Coca light rang 12 Coca zero rang 13 Fanta rang 14 Sprite rang 15 Nestea rang 16 Minute Maid rang 17 Volvic fraise rang 1 Volvic citron rang 2 Freedent menthe rang 3 Airwaves rang 4 Tuc normaux rang 5 Tuc fromage rang 6 Pom'Potes fraise rang 7 non mais y a des fois où j'aimerais trop être un paquet de Mentos ou un Kinder Bueno pour être manipulé et placé dans ma rangée avec autant de soin et de passion par de si belles mains puis par la suite convoité par une petite faim que je serais heureux de satisfaire je m'imagine déjà la chorégraphie sublime qui m'attendrait le code produit puis le paiement espèces ou paiement sans contact le loquet qui se lève le ressort qui me pousse ma chute libre dans le bac puis l'acquisition bienheureuse du client l'ouverture de l'emballage par celui-ci ma descente dans son système digestif c'est un peu fou mais ce serait fabuleux c'est de rêver à ce champ des possibles qui nous a rendus dingues mon démon et moi je reconnais qu'on a eu du mal à gérer tout ce désir à un point tel que et je le regrette franchement mais je me suis jeté sur l'ange Selecta et j'ai fait quelque chose que j'ai trop honte de dire toujours est-il qu'il m'a à juste titre filé trois grosses beignes qui m'ont fait perdre un bout de dent et saigner du nez mais avec mon démon on a fait une prière terrible qui a cloué l'ange au sol et nous sommes partis dehors tous les deux en riant avec le chariot de gourmandises

Nous avons traversé plusieurs parkings et nous nous sommes cachés derrière La Halle aux Chaussures côté livraisons et j'ai attendu qu'il n'en reste plus une miette pour pouvoir reprendre la journée normalement mais avec tout ce qu'on venait d'avaler mon démon à l'intérieur pesait une tonne et je n'arrivais pas à me relever j'avais le sentiment d'avoir exagéré mais bon en même temps ça lui faisait tellement plaisir du coup en attendant de retrouver la force de me lever et de continuer la journée je me suis reposé les idées en contemplant les nuages qui avaient tous la forme de Leslie je me promenais dans mon imagination de Leslie en Leslie cependant que la Leslie originelle m'envahissait du dedans infusant son charme dans tous les recoins de ma personne ça me prenait de partout j'avais des visions belles des visions folles j'arrêtais pas de rire puis je ne sais comment mes rires m'ont fait danser jusqu'à LaBaleine

J'ai mis au moins une heure pour me décider à entrer car j'avais un trac de fou j'avais peur que mon conduit me quitte je l'ai tout de suite vue de l'extérieur dans le reflet de la porte automatique avec ses nattes et son polo blanc de LaBaleine qui met en valeur son teint de reine et suggère avec grâce la forme de sa poitrine et les autres lignes de son corps que je n'ose même pas imaginer sans quoi je sens que je pourrais défaillir et tomber au milieu du monde tandis que j'hésitais je voyais tous les nageurs arriver les uns après les autres et je les voyais passer le tourniquet d'entrée avec une telle allure avec une telle assurance qu'un peu jaloux je me suis dit que moi aussi et je suis entré pour montrer de quoi je suis capable et j'ai moi-même du mal à croire ce qui m'est arrivé tant je me suis débrouillé avec tant de finesse et d'habileté j'étais comme un pantin dirigé par le conduit magique qui parlait en moi mieux que moi je n'ai pas honte de dire que j'ai été parfait tant dans mes mots que dans mes gestes je l'ai fait rire je l'ai fait rougir c'était un carnaval d'émotions je nous sentais vraiment en symbiose et cette fois encore nous discutions avec le langage éternel de l'âme qui se loge dans les respirations et les suspens de la parole ordinaire j'appréhendais seulement le moment où nous allions parler de *Feedjy School* mais quand ce moment est venu je ne sais plus ce que j'ai dit je me rappelle juste que Leslie avait les yeux humides d'émotion et quand enfin Leslie m'a demandé ce que je pensais des révélations que Feedjy venait de faire dans le dernier épisode je me souviens simplement d'avoir dit que j'espérais qu'elle arriverait à ses fins et ce tout en affirmant ses convictions en avançant dans ses intuitions en restant fidèle à elle-même et Leslie a paru vraiment touchée par mon analyse et impressionnée par ma phrase pour conclure l'échange de manière humoristique j'ai dit en riant aujourd'hui j'ai mon bonnet et elle m'a dit ah tant mieux et nous nous sommes souri

Elle m'a demandé si j'allais venir tous les jours comme ça et je lui ai dit oui puis j'ai ajouté que la piscine me soulageait m'apaisait me faisait un bien fou dans le corps dans la tête et dans l'esprit alors elle m'a dit que si je comptais venir tous les jours à ce point il valait mieux que je souscrive à une carte fréquence car c'est beaucoup plus économique que les tickets unitaires et bouleversé par tant d'attention de sa part je me suis empressé de lui dire que j'étais prêt à m'engager vraiment et ça l'a visiblement émue dans le mille de son cœur de voir quelqu'un de sérieux comme moi elle m'a demandé ma carte d'identité et un chèque de 89 euros j'étais gêné qu'elle voie mon nom mon âge elle prenait ainsi de l'avance sur moi et connaissait plus de moi que moi à son sujet et si je dois être honnête cela m'a piqué un tout petit peu le sentiment mais j'ai très vite été rattrapé par la minutie avec laquelle elle a entré mes informations dans son ordinateur elle m'a même demandé mon numéro de téléphone j'ai trouvé que ça allait presque trop vite mais j'étais prêt à jouer le jeu elle a sorti sa webcam et m'a demandé de sourire pour me prendre en photo alors j'ai fait ma meilleure tête que je peux puis elle m'a imprimé et collé sur la carte avec ses mains de reine vraiment je ne trouve pas d'autre mot tant elle sait ce qu'elle fait tant elle sait ce qu'elle veut elle a mis la carte dans la plastifieuse et ça m'a vraiment touché de la voir prendre autant de soin pour moi j'ai eu les yeux qui ont commencé à être humides et la gorge serrée d'amour mais quand elle m'a donné la carte ben son pouce a touché mon majeur j'ai eu une vague terrible de frissons partout dans le corps je l'ai remerciée en la regardant dans le plus profond de son âme puis j'ai passé le tourniquet et ne plus voir son visage m'a fait des picotements au cœur à un point tel que j'avais tout de suite envie de retourner avec elle au comptoir mais ce serait carrément grillé alors il fallait que je tue le temps avant de pouvoir la retrouver

Bon déjà dans la cabine je suis resté une bonne demi-heure à sentir et à baiser mon doigt et à regarder ma carte de piscine pour constater le soin de son ouvrage j'ai pris mon bonnet dans le sac de piscine que je m'étais improvisé le matin même avec un sac isotherme Carrefour pratique parce que refermable j'avais pris le soin d'y mettre ma serviette de toilette toute petite le précieux bonnet un paquet de Tuc fromage au cas où et mon slip normal oui j'ai juste eu à enlever mes vêtements puisque j'avais déjà mon slip de bain sur moi j'ai mis toutes mes affaires dans le sac en faisant gaffe à tout bien plier et au niveau du casier 114 j'étais trop content parce qu'en voulant y mettre mon sac j'y ai trouvé une pièce d'un euro et je me suis dit que c'était un signe alors j'ai décidé que ce casier-là serait désormais mon casier de toujours et cette décision impliquait que je lui sois à jamais fidèle ne privilégiant aucun autre casier à ce casier porteur de chance et de bonheur et puis comme par hasard 1+1+4 = 6 soit le nombre exact de lettres que contient le prénom de reine Leslie c'était trop gros pour pas être un signe d'encouragement adressé par des forces invisibles et supérieures

Sur ce miracle j'ai juste enfilé mon bonnet et j'ai encore été faire la planche dans le bassin tropical je regardais le plafond sur lequel figuraient des poissons complices et amusés des étoiles de mer des crabes et même une sirène mais ma sirène à moi nageait dans mon cœur avec ses chants magiques je suis resté comme un petit bouchon à me laisser flotter par les courants du bassin tropical et même si je ne me suis pas senti hyper à l'aise je dois admettre que quand Leslie d'un coup a annoncé les vagues au micro j'ai eu hyper peur et en fait c'était vraiment super j'ai aussi réussi à prendre le Balénoglisse et ça allait tellement vite que j'ai failli perdre mon slip et je parle pas de mes remontées qui me sont un peu venues c'était quand même sympa à l'intérieur j'avais l'impression d'être une loutre qui glisse sur ses fesses mais une fois à la sortie du tube j'entendais plus rien j'avais dans mes oreilles plein d'eau ce qui fait que par la suite j'ai pas du tout entendu ce que m'a dit une dame près du pédiluve où je me suis reposé un instant avant de quitter la piscine pour retrouver un cœur tendre

En sortant des vestiaires je m'étais résolu à enclencher la phase finale de séduction

Je suis resté un sacré bout de temps pour me sécher les cheveux et une fois sec j'ai adopté une allure décontractée et aérienne qui frôlait le merveilleux j'ai pris ma grosse pochette cadeau dorée et je lui ai dit Leslie je ne pouvais vous quitter aujourd'hui sans partager avec vous l'objet de notre passion commune elle a ouvert ma grosse pochette dorée et quand elle a vu les coffrets elle est devenue toute rose comme un bonbon Krema à la fraise et belle dans ses gestes qui vers moi sont venus à un point tel qu'elle m'a embrassé la joue gauche en mettant sa main dans mes cheveux dans le côté droit de ma nuque puis elle s'est retirée en une caresse pour me dire merci mais que c'était trop et que j'étais fou et moi pendant ce temps j'ai fait mes petits rires et j'étais impressionné par ma maîtrise car je n'ai pas fait une seule goutte je me suis trouvé très bien je lui ai fait un sourire avec toutes les dents pour les lui montrer douces et blanches puis dans une danse du quotidien bras au ciel et pas à pas j'ai quitté la piscine mais au moment de m'engager dans les portes automatiques je me suis retourné et dans un éclat de gentleman je lui ai dit Leslie vraiment c'est un plaisir et elle d'amour a baissé les yeux ce qui est un signe d'inclination amoureuse et je me suis éclipsé comme un mage aux multiples ressources et en vitesse car l'absence favorise l'amour

Je ne sais pas qui sont les gens qui m'ont croisé ce jour-là mais sans aucun doute ils ont dû penser que j'étais complètement fou et c'est vrai je marchais ivre de tout et tous les trois pas j'effectuais un petit bond pour exprimer la joie dans laquelle mes passions versaient

Tout était propice à remplir le ciel de mon amour

Mon démon aussi était de mon côté et pour une fois me laissait tranquille je n'avais aucune voix aucune transpiration pour me nuire

C'était le plus beau moment de toute ma vie

Je regardais tout autour de moi le ciel était rose et des choses volantes faisaient leur parade en moi avec le crachin les nuages et le soleil au loin le Centre était plongé dans une lumière jaune qui fait apparaître au grand jour la vérité la plus nue et la plus juste qui soit je ne doutais de rien en contemplant le ballet des voitures à la pompe à essence et la toujours chorégraphie des grues au loin je me suis dit que tout ça c'était pas un hasard et que sans doute il y aurait un après à l'existence humaine qui nous prépare à une vie autre qui sera une vie de l'ultra-symbiose où les mots les phrases disparaîtront pour laisser place à un langage immortel et unique le langage des anges qui joue de leurs âmes pour bouleverser ce qui est comme ce qui n'est pas j'avais en moi des idées et plein de possibilités très poétiques qui m'ont rassuré de tout et qui m'ont rappelé que j'ai bien fait de faire ce que j'avais fait jusqu'à maintenant que l'expérience de la vie si parfois elle fait souffrir c'est pour accéder à un cadeau d'une dimension tout à fait autre irrégulière et changeante et il faut savoir plonger dans son cœur pour y trouver la clé de tous les secrets

Mes pas dansaient sur les parkings dans les évaporations du bitume qui dans une odeur merveilleuse endiablaient ma raison j'ai marché en admirant dans ma tête le poème vivant qui me suivait et sur ma page mentale j'ai écrit des phrases et je sentais les larmes de mon imagination ruisseler comme dans un système d'irrigation très savant guidant les étoiles sur la toile des nuits qui dans l'univers n'éclairent que notre ignorance je bondissais sans arrêt avec toute la volupté que je pouvais et quand je suis arrivé à l'allée des Bouleaux Verts j'ai embrassé de toute ma force chacun des arbres à un point tel que j'ai commencé à avoir des morceaux de mousse et d'écorce entre les dents et sur la langue le goût d'une sève bizarre qui m'a fait un effet coup de fouet dans le corps un peu comme le RedBull mais en pire

J'ai senti mes yeux doubler de volume et devenir rouges mon front perler des gouttes grosses comme des diamants et j'ai eu un hoquet surnaturel et de m'entendre comme ça je me suis confondu avec un dindon mais très vite j'ai compris que ce hoquet n'était pas un hoquet habituel mais que c'était bel et bien un hoquet qui venait rythmer ma mue d'homme terre en homme lumière alors je sentais le battement venir hyper fort hyper grand avec l'amour au-dessus alors je me suis mis à bondir dix fois plus vite et j'ai traversé le parking du Promod et du Easy Cash et j'ai fini par arriver au niveau de la route pour aller vers la nouvelle déchetterie j'ai escaladé un mégatalus et je suis arrivé dans une sorte de petit bois bizarre c'est là que le rythme s'est accéléré encore plus vite et que je me suis senti rayonner comme une vie comme un poème j'ai continué à faire des sons inconnus de manière hyper forte jusqu'à pousser un cri qui dans une déchirure très sonore a permis à ma peau de se désagréger et tout en continuant mes sons j'ai découvert ma nouvelle peau tout en me débarrassant de l'ancienne que j'ai pris la peine d'enterrer à côté d'un hortensia

Je sentais que j'allais enfin devenir quelqu'un d'important je ne sais pas si cela est le fruit de mon imagination ou le résultat d'une suite d'événements divins mais une chose est sûre l'amour a des propriétés absolues et merveilleuses qui transforment la terre en or et les larmes en joyaux j'avais absolument besoin d'en parler à Maman alors j'ai traversé le bois joli et vers l'ancienne caserne des pompiers là où ils vont construire le Buffalo bientôt si tout va bien et je suis arrivé de nouveau sur le parking du Promod et du Easy Cash

J'étais pressé de serrer Maman dans mes bras pour lui dire la vérité qui m'arrive j'ai dansé les yeux fermés jusqu'à chez moi tout était évident à un point tel que j'ai réussi à mettre ma clé dans la serrure du premier coup sans regarder

Maman était là à sa place de d'habitude devant la télé elle m'attendait alors j'ai été la chercher et je l'ai posée sur la table j'avais trop hâte de lui raconter que si je n'avais pas gagné un beau séjour au Mexique j'avais au moins gagné l'amour d'un cœur subtil j'étais trop content de la voir de la tenir entre mes mains de l'embrasser et de trouver en elle une oreille attentive je lui ai tout raconté mon histoire avec Leslie le bonnet la rencontre la carte fréquence et le cours que semblait prendre notre relation je lui ai raconté la main dans les cheveux qui m'a bousculé du dedans jusqu'au-dehors avec la tendresse et l'émotion qu'on peut quand on a dans le ventre un vertige mais subitement je me suis trouvé dans un état de panique je me suis dit que si le conduit magique m'était venu jusqu'alors en assistance peut-être m'abandonnera-t-il à la débrouille de ma langue quand je trébuche quand je me trompe et puis me dire que j'ai pas vu un seul *Feedjy School* ça m'a foutu un mégacoup de pression alors j'ai sorti mes coffrets et j'ai pris Maman sur mes genoux et nous avons commencé à regarder les premiers épisodes de *Feedjy School*

Je voyais dans les dialogues une quantité inépuisable d'allusions et de références à Leslie en plus rien que physiquement Feedjy elle est un peu comme Leslie sauf qu'elle a les cheveux roses je vais pas tout raconter mais en gros au début Feedjy elle vient tout juste d'arriver à Miami où elle ne connaît encore personne et en fait Feedjy originaire d'une petite ville du Texas vient de terminer le lycée avec succès et d'être admise dans la meilleure école du monde d'électroboule qui est un sport qui ressemble au volley-ball humain mais avec des champs magnétiques magiques et des chansons

Alors bon au début il y a ses deux parents qui l'accompagnent en voiture à l'école pour l'aider à s'installer la mère est super inquiète pour sa fille et elle arrête pas de pleurer mais le père il a un chapeau de shérif et il arrête pas de prendre tout le monde par les épaules en disant des trucs comme ainsi va la vie ou loin des yeux loin du cœur et quand ils disent au revoir à Feedjy ils n'arrêtent pas de dire qu'ils sont fiers d'elle et qu'elle ira loin si elle travaille

Le lendemain après le long discours de la grande directrice de l'école Feedjy va à la cantine et elle se fait aborder par Nirma qui est une blonde avec un piercing en forme d'étoile sur le nombril qui lui demande si elle peut manger avec elle et il se trouve qu'elles s'entendent tout de suite super bien et ne font que rire puis ça m'a trop touché car au cours du repas Nirma lui confie qu'elle n'est pas vraiment une vraie passionnée d'électroboule mais qu'elle est amoureuse d'un garçon qui s'appelle Gory qui est en troisième année et qu'elle a travaillé sans relâche pour entrer dans l'école elle a des larmes qui coulent quand elle raconte qu'elle n'est pas sûre qu'il s'intéresse à elle et elle dit j'espère qu'il me remarquera et on comprend que cela fait des années qu'elle a des sentiments magnifiques et secrets pour lui et j'allais justement savoir depuis combien de temps Nirma était amoureuse de ce beau garçon aux cheveux verts quand mon démon m'a traversé et dans un éclat a jeté la télé qui s'est brisée en mille morceaux contre le mur en poussant des cris stridents il a commencé à voler dans tous les sens et il a arraché toute la tapisserie avec ses griffes d'or en me hurlant des saloperies dans le cœur et dans le ventre c'était horrible il a défoncé tous les meubles et m'a griffé le dos hyper fort en me disant qu'il avait faim et qu'il m'en voulait d'avoir oublié de lui faire ses courses

J'étais triste de m'arrêter dans un moment de vérité aussi fort et je lui ai donné le burrito du matin que j'avais gardé dans ma poche et je lui ai préparé les fajitas Old El Paso mais mon démon n'en a fait qu'une bouchée et loin de le calmer cela a excité sa faim et l'a fait passer en crise diabolique de sorte qu'il a commencé à me punir très fort alors on a couru partout dans l'appartement et il m'a dit tu vas voir je vais te faire chialer

Il s'est précipité vers Maman et il l'a prise en l'air avec lui il est monté avec sur les murs et il s'est balancé sur la lampe de la cuisine en faisant des rires terribles

Je lui ai dit pitié

Je lui ai dit je t'en prie

Repose Maman pitié elle ne t'a rien fait

Mais rien n'y faisait

J'ai ouvert le frigo et j'étais désolé car il n'y avait absolument rien

Alors j'ai regardé dans le congélateur il restait trois escalopes de poulet congelées à peine le temps de les sortir qu'il les a croquées

Ah c'était horrible

Je m'en voulais d'avoir oublié les courses

Je m'en voulais sur ma vie je m'en voulais

Le rêve de Leslie n'aurait pas dû me détourner ainsi de ma tâche de mon devoir

Mon démon me le faisait bien payer et le pire c'est qu'il avait raison

Mon démon s'est mis à faire carnage de tout et j'ai morvé bleu j'ai fait toutes mes prières et j'ai pleuré les étoiles en regardant par la fenêtre

Puis un stratagème m'est venu à l'esprit j'ai dit à mon démon viens je vais te donner ce que tu cherches je vais te donner ma réserve secrète

Je lui ai fait croire que j'avais une réserve sous mon lit et il m'a cru

Alors on est entrés dans ma chambre et j'ai essayé de l'y enfermer à clé mais dans sa fureur il a pulvérisé la porte ce qui m'a projeté au sol

Il s'est rué vers moi et pour le calmer j'ai tenté de l'enserrer avec mes bras mais il m'a fait intérieurement des douleurs

Les douleurs je vous raconte pas

J'ai hurlé de tout mon cœur j'ai hurlé de toute ma vie

Je sentais mon sang se glacer à l'intérieur j'entendais ses stridences ses vibrations terribles et je sentais la haine et la violence m'envahir par le dedans

Je me suis senti devenir ténèbres

Je ne savais pas quoi faire alors dans une prière inédite je l'ai attrapé par le dedans pour le stopper mais il s'est mis à rugir alors j'ai réussi à le plaquer au sol et à attraper Maman mais il m'a craché une flamme terrible qui m'a fait bondir et tandis que je hurlais et que je sentais mes gouttes il m'a foncé dessus pour récupérer Maman alors j'ai foncé sur lui pour rattraper Maman et dans un mouvement foireux il a fait tomber Maman qui s'est répandue partout sur la moquette et là j'ose même pas raconter les larmes et les ombres je criais je criais je criais et mon démon lui riait de toutes ses forces et chantait des chansons franchement dégueulasses

Je me suis concentré avec l'aspimiette que j'ai été chercher dans la cuisine et en pleurant j'ai aspiré la poudre de Maman pour la rassembler au mieux et je l'ai mise dans un Tupperware en attendant

C'était horrible la douleur

Les flammes les chants les griffures

Perché là-haut il savourait il ne me quittait pas d'un œil et me disait toutes les saloperies que je ne dirai pas et moi en dessous comme ça j'ai imploré des heures durant et je lui ai dit toutes les gentillesses mais lui il n'en avait rien à foutre et il continuait de me torturer avec ses chants et ses paroles terribles

Par le dedans il venait avec les mots il me faisait pousser des cris hyper forts ce qui fait que j'ai eu peur de réveiller les voisins alors j'ai mis mes doigts à l'intérieur de ma bouche et je me suis mis à marcher dans la nuit vers l'oubli là où mes sons ne gêneraient personne

J'ai traversé la zone déserte pour porter ma malédiction ailleurs et sur le parking je me suis roulé en boule avec les larmes c'était ça le prix de mon châtiment mais dans les premières bleuités du jour veneur je me suis traîné à moitié en marchant à moitié en rampant vers La Mie Câline car je savais que j'avais une chance d'attraper le préparateur de cuisson alors j'ai frappé contre la porte pour qu'on m'ouvre bon au début il m'ignorait alors j'ai tambouriné si fort avec mes deux mains que peu après 6 heures il m'a ouvert la porte et j'ai couru sans rien dire vers les croissants tout chauds et les trente choco-beignets fourrés à la noisette qu'il y avait

J'étais dans une telle douleur que je ne me souviens plus ce que l'on s'est dit et je ne sais même pas comment j'ai payé toujours est-il qu'avec mon démon on est partis s'asseoir sur un banc dans le parc de la Destinée juste en face et mon démon à l'intérieur s'est régalé et son humeur s'est apaisée ce qui fait qu'épuisés nous nous sommes allongés sur le banc plein de gouttelettes puis pendant trois bonnes heures nous avons dormi

C'est le soleil et les enfants du parc qui nous ont réveillés avec leurs cris et leurs jeux ils étaient adorables et j'avais envie de leur faire des paradis partout mais j'avais hyper soif alors je me suis dépêché d'aller chez moi pour boire et chercher mon sac de piscine d'avoir eu le droit de dormir un peu et d'avoir finalement su domestiquer mon démon faisaient que rien ne pouvait plus m'arrêter et j'étais plus que jamais résolu à me rendre présentable pour les choses humaines et j'avais dans ma tête un ange à aimer et c'est d'avoir dans mon cœur ce rêve-là qui m'a sauvé l'élan et la destinée bon par contre j'avoue en rentrant dans la cuisine j'étais quand même hyper triste de voir tous les dégâts alors je me suis armé de courage et j'ai fait ma prière pour ne pas faire mes larmes puis je me suis frayé un chemin en enjambant les décombres qui avaient valdingué partout puis j'ai présenté mes excuses à Maman qui reposait dans sa nouvelle boîte je lui ai mis la télé à fond pour lui faire une présence et j'ai enfilé de nouveaux habits j'en ai profité pour vérifier ma coupe et j'ai trottiné jusqu'au Centre avec la fumée qui vous sort par la bouche des fois quand tout est triste il suffit oui de lever la tête et de regarder le ciel et les choses vivre autour de soi et il y a dans les voluptés du quotidien des petits trucs utiles et impeccables pour les rêveries sûres et puis tant pis si on goutte sur le parking du Promod je ne saurais trop expliquer pourquoi mais j'avais trop d'émotions et je sentais le vent dans mes oreilles comme si on m'avait vidé pour résonner alors j'ai respiré en ouvrant grand ma bouche et c'est par le nez que j'ai changé mes couleurs j'ai levé la tête je regardais les nuages du matin mais avec l'ocre la lumière m'a fait pleurer d'un œil et c'était magnifique le bruit des oiseaux mêlé à la musique du trafic fou des voitures folles j'ai marché tous mes parkings dans l'ordre et sur la route avec mon démon nous faisions le jeu qu'on aime il me dit un mot et moi sans réfléchir je dois tout de suite lui faire un son je pourrais faire ça toute la journée tant c'est jamais la même chose je découvre à chaque fois des sons de moi que je ne connais pas en passant par le parking du Chronodrive j'ai eu la chance d'apercevoir les messieurs en costume qui viennent à la première heure avec leur Espace pour se faire charger avant une longue et pleine journée et c'est délicieux les sourires et puis c'était bien divertissant en attendant l'ouverture du rideau de fer du Centre

Ah lala

Quand la grille se lève ça me fait des émotions belles dans le creux de mon ventre qui se soulève en fait j'adore le son quand ça monte c'est le son qui vous dit ça y est la journée commence et moi j'ai toujours été quelqu'un des débuts j'ai toujours chéri les seuils car après il y a l'infini exprès pour soi alors quand ce fut l'heure j'ai couru vers la fouille qui ce matin-là était absolument revigorante et nécessaire j'étais trop content que Jef me mette aussi ses mains dans le sac de piscine comme ça il a pu toucher mon slip et d'avoir un peu de Jef sur mon slip je sais pas pourquoi mais ça m'a fait les choses

Une fois à l'intérieur de La Grande Galerie j'ai pas pu m'empêcher de passer devant la boutique Bonbons d'Antan je n'ai malheureusement pas pu retenir mon démon et j'ai foncé dans les nougats et les sucettes aux fleurs violettes roses coquelicots ça faisait un beau bouquet quand j'ai dû passer à la caisse avec la dame aux cheveux mauves qui tousse toujours entre chaque mot et qui vous regarde jamais dans les yeux en continuant dans La Grande Galerie avec les lumières et la musique je me suis approché de tout et j'ai regardé partout j'ai regardé tout le monde et c'était merveilleux pour moi car je n'oublie aucun regard aucun sourire j'aime regarder les gens avec leurs bouches avec leurs airs comme ça genoux levés et paniers parés avec le grand souffle et la respiration à chaque fois formidable et même si je ne leur parle pas je les regarde moi de loin tous ces petits points partir là-bas tous ces petits points qui bougent avec le cœur et les façons devant un stand de promotion qui vibrent de toute façon trop timide pour leur parler c'est mentalement que je leur adresse des souhaits des images je ne sais pas comment dire mais il y a des âmes il y a des peaux qui vous attirent moi j'aime un être rien qu'à son souffle et à la façon dont il tient son panier devant le ballet des caddies et des paniers dans La Grande Galerie je me dis qu'il est des fois où on ne sait pourquoi mais tout nous apparaît comme une évidence et on se sent faire partie d'un tout oui on se sent faire partie d'un grand ensemble indivisible et parfait quand je les regarde tous là devant les vitrines je me dis moi que j'aimerais tellement être l'un de ces mannequins en plastique que l'on regarde et que l'on voit vêtus dans les vitrines belles oui j'avoue je donnerais tout ce que j'ai pour me faire regarder comme ça et puis monter au printemps-été remonter en automne-hiver parce que moi quand je les vois moi toutes ces mains

Ah lala

Les mains mon dieu les mains qui se posent sur vous pour vous caresser pour vous essayer ça me donne envie de pleurer rien que d'y penser

Pour continuer mon poème j'ai été chez Marionnaud et comme chaque fois j'ai été sentir toutes les crèmes et tous les pots-pourris et les sachets au jasmin en version limitée dans la foulée j'ai été au Roy Merlin pour voir les sols antidérapants et les dalles en caoutchouc j'adore toucher ces matières-là à cause de l'odeur qui vous reste sur la main j'ai été dans les allées de Bébé 9 et j'ai essayé tous les babyphones puis au Centre Culturel j'ai regardé toutes les télés hyper belles qui permettaient si on avait le temps de voyager dans des diaporamas sublimes du Mont-Saint-Michel au Grand Canyon en passant par l'île de Pâques et Central Park sur d'autres écrans il y avait des images de poissons de fleurs de toucans et de flamants roses en Full HD et avant de terminer par le Carrefour j'ai fait comme je le fais toujours un détour aux toilettes pour mettre plein de bonshommes verts pour Véronique et Nadia à la borne d'évaluation de la propreté car trop nombreux sont celles et ceux qui à la moindre giclure à la moindre trace se formalisent et s'acharnent sur le bonhomme malcommode pour se venger sur ces deux innocentes au cœur dévoué en sortant de là j'ai encore eu trop envie de faire un tour d'âne mécanique à deux euros mais je me suis empêché parce que la honte alors à la place j'ai été voir toutes les machines à laver et j'ai appuyé sur tous les boutons d'un coup alors il y a eu des alarmes et le monsieur avec une cravate magnifique tellement serrée qu'elle l'étouffait à moitié m'a demandé s'il pouvait m'aider alors je lui ai dit merci et je suis parti car j'ai senti à l'odeur qu'il y avait des dégustations de minicrêpes dans La Grande Galerie donc j'ai fait trois fois la queue pour en avoir triplement mais d'un coup je me suis mis à avoir un tout petit peu mes gouttes alors j'ai respiré grand puis j'ai ressenti une sorte de soleil dans l'envie alors j'ai foncé au Carrefour pour voir les langoustines les pommades les bougeoirs les éponges les filtres à café les farines les épingles et les choses pour l'apéro puis au rayon frais j'ai plongé dans un grand bac pour y prendre un sac de glace pilée une fois à la caisse j'étais trop content car j'ai tout de suite remarqué que Sandrine de la caisse numéro 7 s'était fait un petit balayage qui lui va très très bien moi j'adore surveiller l'évolution des coupes du personnel c'est mon plaisir et puis quand les hôtes et hôtesses de caisse vous souhaitent la bonne journée je suis désolé mais moi ça me fait des choses oui des choses ah lala des choses qui me soulèvent et me consolent de tout non mais c'est pour ça que moi jamais jamais jamais je n'irai payer mes articles à l'une de ces caisses automatiques non non pour rien au monde j'irai je suis archi-contre car jamais je ne me priverai du contact bon et des chansons belles qui se chantent intérieurement entre un regard échangé une carte de fidélité et le bip dynamique qui se conclut parfois sur le sourire beau avec mon sac de glace pilée je me suis assis sur un banc dans la galerie et j'ai laissé le tout fondre sur ma langue chaude comme l'enfer je me suis assis sur un fauteuil en plastique opaque à l'intérieur duquel un nouvel éclairage à LED changeait de couleur sans arrêt et c'était magnifique pour l'émotion qui compte en plus je ne pense pas l'avoir dit mais la musique du Centre est toujours super bien je ferme les yeux et j'écoute les musiques les annonces les promotions et ça me repose en plus ce qui est génial c'est que ça change tous les jours donc c'est super je me suis assis là au beau milieu de La Grande Galerie dans le désir secret d'être sollicité par quelqu'un ou par quelque chose mais rien personne ne m'a regardé alors j'ai joué au jeu des bébés c'est un autre jeu que j'adore et que je pratique quasi quotidiennement tant c'est distrayant pour l'âme et l'imagination il s'agit d'observer les uns et les autres dans le plus profond des yeux afin de les imaginer bébés et de là on doit supposer si bébé beau ou bébé moche c'est pas si simple de faire mentalement reculer les rides en fait je sais pas pourquoi mais j'aime trop imaginer une foule de bébés qui pousseraient leur caddie à faire ouin-ouin et le gouzi-gouzi pour le cache-cache pour le naf-naf et les secrets à marcher sans but au Carrefour Feu Vert et Boulanger se sentir pour un rien Gémo Gifi joli et gouzi-gouzi pour la risette attention pour les fesses si ça vous va hop hip hop la détresse et les chips et le cœur et la vie pour le contrat de confiance les idées de génie je suis resté là et j'ai fait mon sourire et j'ai regardé passer les gens et leurs caddies j'avais mes émotions à regarder tout le temps toutes ces ombres toutes ces mèches toutes ces cuches qui se balancent avec les pantalons qui rentrent toujours un tout petit peu dans les fesses les enfants dans les caddies-minivoitures et la petite dame aux cheveux gris qui faisait rien que de répéter salope salope salope et les boules de bubble tea sur le carrelage j'étais bien content de ma distraction mais je dois bien l'admettre je n'avais qu'une hâte c'était l'ouverture de la piscine pour retrouver Leslie à son guichet avec sa classe et ses beautés et lui dire toutes les choses belles pour elle

Ah lala

Je l'avais à tout moment dans la tête avec ses belles boucles comme ça et son rouge à lèvres noir qui me fait aussi peur qu'il m'émerveille je nous imaginais déjà marcher ici comme ça tous les deux dans La Grande Galerie main dans la main à regarder et à essayer tout partout on irait chez Claire's et à Intimissimi pour acheter des dentelles des rajouts des bijoux et tout ce qui lui plaira à ce moment je me sentais prêt à tout pour la faire rire et la rendre heureuse oui prêt pour tout même apprendre l'allemand monter une entreprise ou même changer mes points pour un grille-pain combattre les seuils avec elle faire oui le jour la nuit ne plus rien savoir remuer dans nos bouches les mots qui comptent et tout voir tout sentir sans parole et les baisers tout le temps avec toutes les belles paroles pour un siècle à se faire la vie dans une épidémie de nous

En marchant les parkings j'ai fait mon jésus avec les bras et j'ai levé ma tête et j'ai mis mon torse grand vers le ciel et pour me donner chance et courage j'ai aspiré toute la lumière par le nez mais derrière moi au niveau du Kiabi il y a Pierrick et Clément dans leur voiture qui ont fait semblant de me foncer dessus en accélérant vers moi et car je ne m'y attendais pas c'est normal j'ai couru j'ai couru en faisant plein de sons et eux ils me klaxonnaient

Ah lala

On aurait dû voir ma tête j'ai eu super peur mais quand j'y repense avec le recul c'était quand même marrant je me demande parfois où ils vont chercher toutes leurs idées après c'était trop cool car au milieu du parking j'ai trouvé un caddie abandonné et c'était la liberté quand j'ai sauté dessus pour le ramener j'aime la vitesse et le bruit des roues sur les sols complices de l'imagination

Grâce à ça je suis arrivé très rapidement devant LaBaleine mais là je me suis carrément mis à trembler j'avais un trac fou et en même temps j'étais tellement impatient de la revoir je suis arrivé sur le parking j'étais prêt à dégainer ma carte et à faire mon sourire mais malheureusement Leslie n'était pas à l'accueil et c'était un mec hyper balèze à la place qui ne sourit qu'avec les dents du haut ce qui fait que je n'ai pas osé lui demander quoi que ce soit j'ai déjà pas réussi à lui dire bonjour tellement j'étais intimidé par ses pectoraux et son odeur de tigre qui m'ont fait trembler et goutter comme un dingue c'est pour ça que rouge comme la vie je me suis précipité dans les vestiaires et c'est une fois dans la cabine que j'ai craqué et je me suis mis à faire trois grosses larmes et à me demander pourquoi je me laissais souffrir autant pourquoi j'étais parfois aussi peu doué pour les choses simples oui je venais dans l'idée secrète de surprendre le cœur de Leslie et moi à la place je perle je pleure je goutte à tout-va

Je m'en suis voulu car cette fois-là je suis bien resté une demi-heure à me remettre à détrembler et à me calmer je regardais les trous du tapis antidérapant et c'est comme ça que je me suis sauvé de cet état de douleur

Quand je suis arrivé dans le bassin j'étais tout seul jusqu'au moment où un groupe de scolaires a débarqué mais à part eux il n'y avait pas grand monde alors trop cool j'ai profité d'un transat exprès pour moi et j'y suis resté un moment à réfléchir aux choses du monde puis de loin je faisais tous mes gestes aux enfants qui apprenaient à nager dans le petit bassin et ça jusqu'au moment où l'une des encadrantes vienne me demander d'arrêter parce que ça les déconcentrait que ça les gênait alors j'ai bien dû arrêter et à la place vu qu'il n'y avait personne dedans j'ai réessayé plusieurs fois le Balénoglisse mais rien à faire ça m'a encore plus remué que la veille de sorte que j'ai eu des remontées puis je sentais les fourmis alors j'ai été faire la planche pendant un long moment à un point tel que le maître nageur m'a demandé si c'était okay et vu que je ne bougeais pas il m'a donné des petits coups avec sa perche et moi je ne sais pas pourquoi je me suis mis à aboyer et de voir sa tête ça m'a fait rigoler tellement que et je ne devrais pas le dire mais j'ai laissé presque toutes mes gouttes partir dans l'eau du bassin j'ai eu peur que le détecteur de gouttes me trahisse mais rien il ne s'est rien passé alors c'est l'esprit léger que j'ai été au jet massant puis j'ai été retrouver mon casier 114 chéri d'amour et il m'a souri et m'a rendu poliment mon un euro et il m'a souhaité bon courage puis je me suis rendu compte qu'il était wouah 12 h 34 alors je me suis pressé comme un dingue j'espérais de toute ma vie croiser Leslie

Je me suis pressé à un point tel que dans la cabine je me suis assis sur mon sac de piscine et j'ai écrasé tous les Tuc que je venais d'acheter au distributeur dans le hall ce qui a fait des miettes partout dans le sac et à l'intérieur de mes habits alors j'ai pas arrêté de frotter pour que ça parte et je dois avouer que ça a continué de me gratter mais c'était pas grave par contre en regardant mes chaussettes je me suis dit qu'il faudrait bien que je trouve une solution efficace et durable car ce matin-là elles étaient encore toutes mouillées et ça je ne le supporte pas je ne l'ai jamais supporté alors je me suis dit c'est pas grave cette fois encore je prendrai sur moi la journée je la ferai pieds nus dans mes chaussures et en revoyant Leslie j'ai eu mes pincements d'amour mais mon cœur d'inquiétude s'est soulevé tant elle avait l'air à bout elle était tellement pâle avec son mascara mal mis et la tristesse que je lui demande alors ça va non ça va pas qu'elle me dit j'ai eu un dégât des eaux qui m'a tenue éveillée toute la nuit alors je lui dis ah bon oui je ne sais pas quoi faire c'est une grosse fuite je ne sais pas quoi faire j'ai réussi à calmer la chose mais mon installation ne tiendra pas le choc je lui ai dit de ne pas s'inquiéter que les fuites ça me connaît alors elle m'a souri et m'a dit ah bon c'est vrai tu pourrais venir jeter un œil je suis à sec et j'ai peur que ça me coûte si j'appelle quelqu'un et d'un coup elle fond en larmes en me disant que son lino est foutu que le proprio va encore gueuler alors triste et désolé pour elle je lui dis que c'est jamais simple les dégâts des eaux

Elle me regarde je la regarde et nous nous taisons dans un long regard qui n'a pas besoin de mots pour dire sa musique et cela semble durer une seconde une heure dix ans et dans ce silence bizarre et beau je ne sais ce qui m'a pris mais mon conduit magique m'a fait dire très simplement Leslie ne vous en faites pas laissez-moi prendre les choses en main je vais vous aider elle baisse la tête pour ne pas que je voie qu'elle rougit et dans une voix sourde elle me dit que je suis trop choubi et nous rions et après un temps elle me demande tu pourrais passer quand ils m'ont donné mon après-midi pour gérer ça est-ce que tu crois que tu pourrais venir je n'ai pas eu à réfléchir une seconde pour lui donner mon plus beau oui et on s'est dit rendez-vous entre 15 h 30 et 16 heures au 2 *bis* des Aurores bâtiment A onzième étage porte de droite

Ah lala

J'étais trop content d'avoir un vrai rendez-vous d'avoir pour la première fois un vrai rencard comme dans les films et en même temps je dois bien dire que mes écoulements trahissaient un stress qui était au maximum de ce qu'il peut mais là moi j'étais bien décidé à mettre le paquet ma vie telle que je la menais ne me convenait plus je ne supporterais pas un échec de plus alors j'avais la ferme intention de tout donner pour un morceau de bonheur avec elle alors on s'est dit à tout à l'heure et vu que les femmes aiment qu'on porte des vêtements neufs j'ai foncé au Centre et c'est à Kiabi que j'ai fait mes affaires

J'ai tout de suite dit à la dame sans perdre de temps que j'avais un rendez-vous avec Leslie et elle m'a aidé comme jamais on ne m'a aidé dans la vie

Elle m'a dit que la règle d'or c'est de se la jouer simple et efficace elle pense qu'il vaut mieux toujours moins en faire que trop elle m'a aussi appris que les femmes n'aiment pas les garçons bling-bling alors j'ai écouté tous ses conseils ce qui fait que j'ai mis presque deux heures à me décider mais ça s'est conclu merveilleusement avec une jolie veste de costume bleu marine à 55 euros portée sur un joli tee-shirt beige un peu chiné à 6 euros et le tout marié à un joli jeans bleu foncé à 19 euros et une paire de tennis sobre de couleur noire à 19 euros aussi j'en ai profité pour m'acheter un pack de belles chaussettes neuves et sèches ainsi qu'une jolie ceinture imitation cuir car les détails dans la vie comme dans l'amour ça compte alors bon j'en ai eu pour un peu plus de 100 euros ce qui est cher je suis d'accord mais carrément moins cher que si j'avais été ailleurs et puis bon voilà faut dire que Kiabi y a pas mieux ça colore la vie à petits prix ils le disent et ils ont raison

Franchement la dame a été tellement gentille et serviable avec moi que j'ai eu envie de la serrer dans mes bras son collègue à la caisse était aussi trop sympa car il arrêtait pas de me sourire on a tous passé un super moment en plus quand je suis sorti ils m'ont tous souhaité bonne chance

Avec la dégouline et la peur d'être en retard je n'avais plus le temps de passer par les Ruisseaux pour m'arranger alors je me suis enfermé dans les toilettes du Centre pour mettre mes nouveaux habits j'ai mis mes anciens vêtements dans mon sac de piscine puis bien décidé à lui faire plaisir j'ai été à Interflora et je lui ai payé un immense bouquet de fleurs très jolies puis dans la foulée j'ai fait un crochet à Sephora pour me mettre un peu de parfum

Sur le chemin j'ai rêvé à tout ce que je sentais entre nous et le ciel rose devenu semblait confirmer mes élans mes transports et une fois devant l'immeuble des Aurores j'ai fait une prière pour que tout se passe bien que mon démon soit gentil que mes flux se stabilisent ne débordent pas puis sur ça j'ai monté l'escalier et à mi-route comme je respirais fort car tout cela m'avait fatigué j'ai failli renoncer et rentrer chez moi mais puisque j'y étais alors il a bien fallu que je poursuive l'ascension mais m'est avis que si c'était pas elle que je venais visiter et si ça avait été un ou une autre y a longtemps que je me serais enfui il faut le faire pour habiter si haut courbatures et souffle court il n'y a que l'amour qui peut nous faire pousser des petites ailes comme ça pour les jolies choses car sans le feu dans la poitrine que l'on jure sacré il me semble que j'aurais pu claquer alors du coup j'y suis allé doucement j'y suis allé sûrement parce qu'avec ça la peur de dégouliner me faisait mal au ventre c'est au premier tiers du parcours que j'ai commencé à regretter de les lui avoir prises les fleurs parce qu'avec le bouquet dans une main et mon sac de piscine dans l'autre c'était pas très pratique pour s'accrocher à la rambarde j'ai donc dû les abandonner entre deux étages les fleurs c'était un peu triste vu le tarif et la présentation qu'avait faite la dame mais c'était vraiment préférable j'allais quand même pas risquer le pire parce que le pire dans ma vie je l'avais trop souvent risqué j'étais inquiet de mes efforts je ne voulais pas arriver tout démis tout mal mis je voulais conserver le secret de mon mystère j'étais résolu à ce qu'elle trouve en moi des choses profondes des valeurs et puis je comptais bien la retourner grâce à mon aura c'était décidé j'allais lui parler de tout ce qui est voyage c'est idéal vu que ça permet plein d'anecdotes lui parler d'avenir aussi parce que je sais que c'est ce qu'il y a de plus pratique j'étais déterminé plus que jamais à lui prouver ma capacité à l'écouter sans l'interrompre sans chercher de solutions à sa place et ce tout en gardant une certaine spontanéité dans notre interaction j'allais jusque chez elle avec une véritable volonté de la surprendre pendant l'ascension j'ai pris le temps de consolider mes outils de revoir mes gammes joie colère tristesse surprise gêne dégoût afin de mettre de vraies montagnes russes dans mes histoires et ce dans le but secret du baiser merveilleux qui scellera notre amour mais avant cela il me restait un sacré paquet de marches à gravir et je vous épargne et croyez-moi c'est vraiment gentil de ma part de vous épargner la lutte avec l'interrupteur de la lumière qui s'éteignait tout le temps et m'obligeait à redescendre à chaque palier pour la rallumer monter dans le noir franchement j'aime pas ça me fausse les idées et à mesure que j'étais désolé de mes efforts je pensais à elle et à la lanière de son badge sur son cou rose à l'éclair de la fermeture de son sweat gris à capuche je pensais à sa gentillesse et je me disais qu'elle n'aimerait sans doute pas me voir comme ça alors j'ai maintenu les efforts je me suis ressaisi et je n'ai rien lâché me disant que si je le faisais pas pour moi je n'avais qu'à le faire pour elle alors même que j'avais envie de me lover contre une marche pour récupérer un peu j'ai tenu et j'ai continué j'ai été puiser dans le fond de mes ressources ne réfléchissant plus à rien d'autre qu'à mettre un pied devant l'autre marche après marche centimètre après centimètre heureusement mon moral était bon devant le froid qui venait à mesure que je progressais dans les étages c'est dans mes chaudes pensées que j'ai trouvé le courage de continuer à grimper quoi qu'il arrive j'avais choisi une prière des plus favorables pour quitter le noir des pensées terribles je me suis mis à fredonner silencieusement des petits airs qui me font du bien parce que je ne me voilais pas la face je sentais que j'étais au seuil d'une fatigue extrême avec la douleur et la tristesse je me suis dit qu'il ne fallait pas que je fasse n'importe quoi n'importe comment j'ai fait une pause c'est primordial de s'arrêter régulièrement pour souffler un bon coup parce que l'organisme le corps l'esprit sont pas habitués j'étais à bout ce qui fait que quand j'ai frappé à la porte j'avais l'air dans tous mes états et ça m'a gêné parce que tout le temps avant ça j'avais réussi à rester sec et droit et là je perds ma force et mes gouttes en moins de temps qu'il n'en faut pour le dire j'ai failli paniquer et trembloter mais j'ai fait un grand souffle et finalement ça a été j'étais trop content de retrouver Leslie elle m'a dit je t'en prie entre alors j'ai tout de suite regardé autour pour constater les dégâts c'était carrément moins pire que tout ce que je m'étais imaginé comme toujours je m'attendais au pire et secrètement je nous imaginais déjà en bottes dans l'appartement et je dois dire que l'image m'excitait un peu tant je trouve cela romantique parce que ça me rappelle les moments importants de la vie potager et pêche à pied mais non ça allait à part le lino et le carrelage qui continuaient de glisser mais bon il y avait des serpillières absorbantes en microfibre disséminées dans les quatre coins de l'appartement et c'était trop beau parce que sur le sol les couleurs bleues rouges jaunes et vertes des serpillières ça mettait de la gaieté dans les yeux alors elle m'a amené en dessous de l'évier et c'était magnifique de voir la tuyauterie de ce dessous-là je lui ai dit laisse-moi faire et j'ai pris sa boîte à outils et c'est vite fait et à ma façon que j'ai colmaté tout ça je lui ai demandé de sortir de la pièce pour pouvoir faire des prières secrètes en faveur des tuyaux et cela a marché tout de suite

J'ai montré à Leslie qui pour fêter ça m'a apporté une coupette on a fait tchin-tchin et les yeux dans les yeux on s'est régalés à un point tel que je me demandais sans cesse si c'était le rêve ou la vie

Elle avait l'air scotchée de voir la rapidité et la précision de mon intervention elle m'a remercié je ne sais pas combien de fois en me disant que si je n'étais pas venu tout aurait pu virer au cauchemar mais comme je le lui ai dit sur le moment je suis quelqu'un que les malheurs de l'existence humaine n'effraient pas et que je suis prêt à tout si c'est pour aider alors Leslie ravie et je crois bien dire soulagée m'a fait un gentil regard qui regarde avec le cœur et puis d'avoir tous ces outils autour de moi ça m'a fait penser que sur le coup j'avais le charme bien connu du plombier qui ne faisait que peser en ma faveur dans la grande balance du sentiment qui et c'est mon avis est la plus juste des balances et quand je dis juste je veux bien entendu dire juste de justice et juste de justesse comme au temps des Égyptiens et de la pesée du cœur lors du jugement de l'âme et d'un coup elle s'est rapprochée divine tout à côté de moi et m'a fait une caresse sur le dessus de ma tête en signe de remerciement et c'est là que je me suis évanoui avec la tête qui a cogné le rebord de sa kitchenette électrique

Ah lala

Heureusement qu'elle s'est inquiétée de m'allonger sur son clic-clac et de me mettre de l'eau sur la tête sans ça je sais pas comment j'aurais fait sur le coup la chute m'a fait un peu saigner l'à-côté de ma tempe alors elle m'a mis une bande et elle a été super car elle m'a proposé des Knacki Ball passées au micro-ondes ça faisait du bien de manger chaud c'était réconfortant et ça m'a remis un peu les idées en place j'ai commencé à regarder ses détails et je me suis trouvé subjugué par son sens du rangement et des choses son appartement était impeccable et puis je sais pas mais faut dire que c'était ultra-moderne y avait tout ce qu'il faut pour se sentir à l'aise c'était pas grand mais vraiment bien foutu pour me remercier elle avait fait ça chic avec des roulés de jambon-fromage et un Bâton de Berger avec des morceaux de gruyère trop bons ça m'a vraiment ému c'était pas grand-chose c'est vrai mais fallait voir la délicatesse et la présentation je savais pas que c'était une reine à ce point-là et puis j'ai paru tellement rassurant et gentil qu'elle a pas hésité à se confier à me raconter les crasses qu'elle a connues à la piscine que maintenant ça va mieux vu que l'ancienne directrice elle est partie parce qu'elle était trop conne et que maintenant c'est un nouveau à la place qui est un copain du président de l'agglo et même si des fois c'est un tout petit peu vrai qu'il met des mains au cul il a quand même su réagencer l'ensemble de l'organigramme ce qui fait que chacun a désormais des missions claires ce qui évite que l'un marche dans les pattes de l'autre c'est mieux comme ça et puis surtout c'est plus sain elle m'a pas trop posé de questions et c'était tant mieux parce que j'arrivais plus à parler tellement j'étais convaincu par son charme elle m'a dit qu'elle était du genre mélancolique alors j'ai essayé de lui dire que moi aussi mais elle a compris que j'avais des coliques devant elle je n'arrivais plus à organiser mes sons

Ah lala

Leslie c'est une vraie charmeuse qui a toujours son bon mot pour les bonnes choses je vous jure vous la verriez vous sauriez de quoi je parle parce qu'avec ses gestes et ses mouvements elle bouscule la fixité des habitudes elle arrive comme ça comme un rien mais autour rien n'est comme si de rien parce qu'elle est parfaite puis tout le long qu'elle m'a parlé je nous imaginais pousser les chaises et la table basse sur le côté afin de danser elle et moi elle aurait ri de ma maladresse j'aurais rougi de mon manque d'expérience lui faisant comprendre que c'est la première fois puis j'aurais mis les mains là où il ne faut pas elle m'aurait guidé et on se serait embrassés sur les dernières notes du morceau on se serait embrassés si longtemps que nous n'aurions pas remarqué que plusieurs autres morceaux seraient passés que la nuit serait passée que les semaines les mois les années seraient passés nous nous serions rendu compte de rien ébahis par notre amour nous aurions attendu la fin du monde allongés sur le clic-clac de l'amour mais pour l'heure j'écoutais Leslie me raconter que sa collègue Cécile en fait elle a vachement insisté pour qu'elle puisse avoir le poste alors qu'à la base c'est pas forcément dans ses compétences mais qu'en fait elle pense que quand on veut on peut et elle s'y est habituée et du coup maintenant elle aime beaucoup ça après c'est vrai qu'il y a certains inconvénients comme les horaires quelquefois et puis aussi c'est super relou ceux qui ne lavent pas leur tasse dans l'évier et qui laissent traîner leurs trucs dans les parties communes et puis je ne sais pas trop pour quelle raison mais elle m'a pris par la main et m'a subitement emmené dans sa cuisine et elle m'a montré tous ses ustensiles et très particulièrement son bras à soupe Tefal pour que je me rende compte à quel point ça lui changeait la vie à quel point les économies soupe et jus à toute heure pour le plus grand des délices et super pour les blancs en neige sans oublier bien sûr la bonne vieille mayonnaise maison alors même qu'elle me sentait sans doute embarrassé voire réfractaire elle a persisté et s'est résolue à me montrer de plus près comment ça marche alors elle a sorti très rapidement deux boîtes de tomates entières pelées au jus un oignon qu'elle a fait revenir dans une grande poêle grise un immense poireau et un ail qu'elle a habilement émincé pendant que moi à sa demande je coupais les carottes en dés réguliers puis d'un coup elle a mis le tout dans une sorte de marmite et y a ajouté son petit secret que je ne dirai pas et hop elle a allumé le bras dont le bruit m'a fait penser à celui des trains que j'allais voir passer à l'autre bout de la zone maintenant ils y passent plus les trains c'est terminé de l'herbe autour des rails a poussé mais quand même je me souviens je me rappelle c'était mon plaisir d'imagination mon rêve et certaines fois le gars qui conduisait me klaxonnait et c'était assez pour me rendre fier toute la journée c'est passé oui mais heureusement maintenant à la place autour il y a le Centre qui nous permet d'avoir tous les services et les choses de la ville sans avoir à être à la ville les trains pouvaient m'occuper toute la journée et pendant longtemps je restais là immobile mais épanoui à les regarder et quelquefois plus rarement j'attachais de petits animaux sur les rails lapins crapauds lézards et la musique de la mort mêlée à celle de la vitesse était très rigolote ces souvenirs heureux et la tristesse des choses mortes ont fait naître en moi un sentiment de vide qui m'a creusé le ventre et ravivé en moi un appétit diabolique j'entendais mes sons du dedans et la clameur terrible je ne sais pas ce qui m'a pris mais je me suis précipité vers le récipient et je me suis mis à avaler toute la soupe d'un trait en plongeant dedans alors même qu'elle n'en avait pas fini qu'elle n'y avait pas encore ajouté les poireaux puis dans le même mouvement je me suis rué sur son frigo et j'ai commencé à plonger à forcer à ouvrir tout et n'importe quoi dans une frénésie telle que je ne me souviens ni des goûts ni des choses mangées

La honte

Leslie était sans voix et elle me regardait comme horrifiée par mon comportement alors dans l'impasse d'une telle situation il a bien fallu que je lui explique que j'avais un démon dans le ventre qui parfois me torturait l'âme et me rongeait l'esprit que ce démon était goulu et ne laissait aucune place à mon plaisir ni à mon choix il fallait que je le contente sans quoi j'avais peur d'être puni très fort il me demandait des choses pas croyables ce qui me devait d'être irréprochable au niveau du remplissage du panier de courses car il était par moments affamé et il devait par mon appétit sustenter le sien je lui ai raconté que ce qui m'étonnait le plus c'est la manière par laquelle il se trouvait à son aise comme s'il habitait en moi depuis plus longtemps que moi en moi il me murmurait à tout instant des conseils et me livrait ses volontés que je devais satisfaire et je dois bien dire qu'il ne m'accordait aucune faveur si parfois sa présence me tenait compagnie il m'arrivait le plus souvent de regretter cette cohabitation désobligeante d'autant qu'elle influençait mon humeur et me faisait parfois trembloter ce qui devant une fée comme Leslie n'est pas des plus à propos il exigeait de moi que je lui procure en vitesse ses produits préférés Monster Munch crème glacée Häagen-Dazs et chocolat blanc Galak mais parfois il était vicieux et me demandait l'impossible et quand je réussissais ni bien ni vite il me grignotait les idées et me disait un tas de saloperies qui malgré tous mes efforts me faisaient goutter la larme devant Leslie j'étais gêné car je sentais qu'elle découvrait avec pitié que j'étais un être blessé alors elle a mis sa main sur mon épaule en me disant mon pauvre et c'est justement là que le pire m'est arrivé car mon démon m'a dit que si je lui trouvais pas des M&M's dans la minute il s'en irait par-devant moi et rentrerait dans Leslie pour lui lécher la chatte et ça m'a fait tellement de tristesses que j'avais envie de trouver mon démon pour lui régler son compte une bonne fois pour toutes mais la peur me clouait au clic-clac et je ne voulais pas qu'il commence à sortir ses griffes alors je me suis dépêché de demander à Leslie si par tout hasard elle avait des M&M's elle m'a dit que non elle les aime pas trop à cause de la cacahuète qui est parfois un peu trop dure et qui reste parfois coincée entre les dents mais dieu merci elle m'a dit que si j'avais une envie de chocolat elle pouvait me proposer des Maltesers et quelques Schoko-Bons qui sont ses chocolats préférés alors je me suis retiré au-dedans avec les yeux qui se retournent et après une longue négociation mon démon a accepté et il s'est régalé par mon entremise de ces petites billes enrobées de chocolat me faisant vider le paquet à une allure folle ce qui fait que j'étais encore plus désolé devant Leslie car je bavais et faisais avec ma bouche des musiques terribles j'avais les larmes à l'intérieur et j'étais tout simplement fatigué d'être seul avec mes pensées tout le temps j'en pouvais plus d'être impuissant face à mon démon jusque-là je ne pouvais que subir les choses et je n'avais personne à qui me livrer alors c'est pour ça aussi que ça me faisait drôle de confier à l'oreille tendre de Leslie un secret si lourd d'habitude les gens ne comprennent pas ces choses-là

Ah lala

N'avais-je donc pas le droit moi aussi au calme et à la sérénité de vivre une histoire avec quelqu'un pour qui on donnerait tout et si manifestement elle semblait me trouver bizarre elle a été bien gentille car tout le long que je lui ai raconté elle m'a fait un gentil sourire compatissant et m'a même fait une deuxième caresse mais cette fois-ci sur la nuque puis elle s'est touché les cheveux ce qui est un signe de désir sexuel j'arrêtais pas de remuer car j'avais des envies mais j'avais trop honte de mes gouttes de mes bruits j'avais jusque-là œuvré à me rendre valable pour elle avec le geste et la manière qu'il faut dans ces cas-là pour soulever un cœur complexe

Franchement je n'en pouvais plus je m'efforçais de tout mon cœur de mettre de l'air dans mes poumons pour ne pas flancher mais pas possible à cause de l'émotion qui vous bouche qui vous serre et plus elle s'approchait de moi et plus je gouttais j'avais la nausée terrible et les visions secouées j'avais jamais eu ça à ce point-là

Et d'un coup elle a explosé de rire en me disant que j'étais trop bizarre et que les démons c'est n'importe quoi que ça n'existe pas

Ah lala

Qu'est-ce qu'elle avait pas fait

Mon démon qui est l'être le plus susceptible et le plus terrible que je connaisse a poussé un cri par mon entremise et a commencé ses folies Leslie d'un coup s'est mise à tousser super fort et à devenir verte comme le dos grattant des éponges et ça perlait des gouttes à tout-va c'est horrible de voir un ange s'évaporer

Moi j'étais dans la panique mon cœur battait super fort je voyais les choses folles devant moi alors je me suis mordu la lèvre si fort que j'ai pissé le sang j'en avais plein la bouche et j'étais désolé pour la moquette

Pendant que je me tenais la bouche elle s'agrippait à moi à ma cuisse et elle a commencé elle aussi à trembler de partout et à faire des sons je regrette de devoir le dire mais des sons un peu comme une vache

Face aux attaques et aux calomnies mon démon sait se montrer redoutable alors moi j'ai imploré j'ai imploré qu'est-ce que je pouvais faire d'autre de toute façon j'ai imploré de tout mon être j'ai imploré comme jamais tandis que Leslie se tordait de douleur à même le sol

Elle pleurait grand et ça mouillait tout

Larmes sang morve dans son salon réunis

Pour faire diversion j'ai ouvert les placards et mon démon qui grâce au bruit des emballages m'a suivi ce qui a permis à Leslie de reprendre son souffle et de se relever la pauvre

J'étais en train d'ouvrir une barre de céréales Coco Pops à mon démon quand elle est arrivée vers nous avec son balai vapeur tout en métal et elle m'a dit que j'étais un grand malade et qu'il vaudrait mieux que je m'en aille avec mon démon

Alors évidemment moi toutes les larmes je les ai faites

Je lui disais que je n'y étais pour rien que je l'aimais de tout mon cœur et qu'elle était parfaite

Que ce n'était pas moi

Que je subissais comme elle venait de le faire les vices d'un démon inflexible et vorace

J'ai tenté de m'approcher d'elle pour lui faire des consolations mais elle m'a donné un coup super fort avec le manche sur la cuisse

J'ai fait toutes mes têtes mais elle m'a dit bouge bouge-toi de là

J'ai dit que j'étais désolé

Et c'est quand je lui ai dit mes sentiments qu'elle a claqué la porte

Je suis resté assis devant sa porte dans l'escalier

J'étais anéanti j'étais vidé

À ça qu'est-ce que je pouvais à part les larmes et la désolation

J'ai frappé trois fois à sa porte et j'ai sonné aussi je lui ai dit des poèmes en collant ma bouche contre la porte pour que ça traverse mais elle a poussé un cri et m'a dit qu'elle allait appeler les flics alors j'ai préféré partir

Dans l'escalier j'ai trébuché j'ai roulé d'étage en étage comme une bille jusqu'au rez-de-chaussée

Après ça j'ai presque pas envie de raconter car ce n'est ni beau ni grand

Ah lala

J'ai passé mon temps à pleurer et à implorer pour que tout redevienne comme avant j'avais sans cesse envie de pouvoir la retrouver de revivre les roulés au jambon et les sourires qui bercent pour un rien revivre ce moment parfait sur le clic-clac et la caresser et célébrer ses beautés

Je suis resté en bas de chez elle dans son hall en boule là sans bouger je ne pensais rien je ne pouvais rien et j'avais envie de rien de disparaître rien mais au bout d'un moment quand même j'ai respiré grand et j'ai compris qu'il y avait encore des beautés à embrasser et je ne sais trop comment j'ai retrouvé l'élan et sans réfléchir j'ai suivi mes pas qui m'ont mené jusqu'au Centre et l'idée de pouvoir me consoler dans La Grande Galerie m'éclairait l'œil et le cœur un tout petit peu quand même

À ce moment j'aurais eu quoi pour rire pour une cavale pour un je sais pas quoi quelquefois oui faut oublier les yeux qui mouillent et courir de tout son cœur dans les allées du sentimental problème

J'ai suivi mes musiques sans savoir où aller j'avais dans ma tête mille musiques terribles c'était le karaoké de ma destinée je n'avais qu'à penser qu'à faire qu'à dire ce qui en moi s'éclairait ce que mes voyants indiquaient je me demandais ce que j'allais devenir mais à cet instant rien ne m'inquiétait plus tout se valait dans mon malheur je repensais aux choses et aux actions noires de mon démon j'avais l'impression terrible d'être glacé comme mort pourtant je restais persuadé qu'il aurait pu en être autrement et sur le chemin dans ma tête je me repassais sans cesse les actions noires de mon démon et je culpabilisais d'avoir tout mangé chez elle

Ah lala

Par le diable je m'en voulais elle aurait ma vie si elle me pardonnait mon démon oui toutes les réparations je les lui aurais faites si elle avait voulu les prises les découpes les serments les promesses moi j'imaginais déjà toutes les dates les projets les premières fois et les anniversaires de tout de ça de elle de moi et sa bouche pour un bijou sans retouche les jardins les beautés je me serais donné de tout mon être j'aurais été au bout de mon démon pour elle

Ah lala

Je me disais

Pourquoi j'ai pas le droit à l'amour et aux choses belles

Je sentais que c'était la fin que tout s'en allait alors pour ne pas disparaître complètement j'ai suivi mes pas je suis arrivé devant le Centre qui était encore ouvert

Je me suis dit que c'est vraiment super que nos magasins ferment si tard

Les mains inquisitrices de Jef ont malgré la tristesse réussi cette fois encore à me faire du bien à me soulager

Tout en moi s'est propagé avec le sentiment et je me rappelle encore on s'est regardés dans les yeux avec la tendresse faite sur le coup j'ai tout de suite senti qu'il avait compris mes harmonies et mon malheur j'ai senti sa compassion alors pour l'en remercier je lui ai fait un petit sourire comme je sais puis j'ai avancé et je lui ai dit à tout à l'heure j'ai regardé tout autour de moi et pendant au moins dix minutes je suis resté à regarder le panneau d'actualités défiler il avait trois jours de retard mais ça m'a quand même fait plaisir de me remémorer la météo et l'éphéméride mais ça m'a déconcentré quand une dame qui doit bien avoir au moins trente maisons secondaires m'a roulé sur le pied avec son caddie plein à craquer sans me dire pardon alors je me suis refait tous les magasins dans l'ordre que j'aime portables et box chez SFR les petits bijoux chez Claire's perceuses ponceuses meuleuses chez Brico les belles crèmes chez Yves Rocher et en sortant du Sephora comme si ça ne suffisait pas mon démon exigeait de moi un Cookie Duo

J'étais anéanti

Je lui ai dit un non franc alors il m'a fait du vice à un point tel que j'ai étouffé un sanglot et qu'une fois de plus j'ai cédé à sa demande j'ai donné deux euros au jeune garçon de La Mie Câline qui avait l'air navré et avant même qu'il me rende la monnaie j'ai gobé le cookie de telle sorte que j'ai avalé de travers et que je me suis mis à tousser à m'étouffer alors le jeune garçon s'est dépêché de me donner un verre d'eau et il m'a tapé dans le dos et ça s'est stoppé j'étais ravi de respirer à nouveau comme il faut et je me suis excusé auprès des deux dames qui attendaient derrière moi et qui semblaient furieuses que ma crise ait à ce point ralenti la queue

J'en voulais terriblement à mon démon qui me bouffait le cœur la vie et la raison je ne savais plus quoi faire pour m'en exorciser toutes les prières je les avais faites sans succès je ne savais plus quoi faire j'avais une peur terrible de plonger je ne sais pas ce qui m'arrivait je n'étais pas comme ça avant je savais encore me rendre charmant pour les charmantes choses de l'existence mais depuis combien de temps au juste je ne sais pas mais ça fait un moment que je rate tout ce que j'entreprends l'existence me fait mal au cœur au sentiment heureusement oui heureusement qu'il y a la poésie et les belles choses dans les magasins

À l'intérieur dans La Grande Galerie j'ai contourné le stand promotionnel dans lequel des professionnels faisaient la démonstration des machines Cake Factory et je me suis fait la boutique Saveurs et Traditions j'ai regardé un par un tous les beaux couteaux en bois les liqueurs de pomme les savons artisanaux les brosses écologiques les jeux en bois pour enfants les pots de miel de lavande et de tournesol les petites boîtes à musique en fer qui jouent aussi bien la musique de la Panthère Rose que celle de Sur le pont d'Avignon des diffuseurs d'odeurs des lumières à LED apaisantes des étuis à lunettes fantaisistes des bracelets en cuir des porte-clés personnalisables avec son prénom dessus des balles sauteuses et des peluches d'animaux sauvages ours écureuil cerf chouette raton laveur castor et loutre Carine la vendeuse qui n'arrêtait pas de se toucher le visage m'a demandé vous cherchez quelque chose de particulier je lui ai fait non merci avec un grand rire elle m'a dit en tout cas si vous avez besoin n'hésitez pas alors j'ai reposé le presse-papier en forme d'arbre puis je suis sorti car j'ai eu peur de lui faire du mal alors j'ai eu l'idée de me finir au grand Carrefour qui est le plus grand le plus vaste de tous les hypers que je connaisse j'avais très chaud je sentais la transpiration diabolique me revenir et je me savais inquiet de tout alors j'ai fait l'itinéraire suivant presse livres audiovisuel fournitures scolaires outils et électricité maison et propreté hygiène et salle de bains boissons produits de la mer traiteur charcuterie et fromage et en regardant les produits je me suis dit que j'aurais bien aimé moi aussi avoir ma place dans un rayon mon nom sur une étiquette mon visage sur une boîte un sachet un carton

Ah lala

Avec le chagrin je sentais que j'avais besoin de sucer pour me calmer alors j'ai continué et c'est au rayon frais que m'est arrivé le grand arrêt je me suis allongé sur le carrelage blanc et froid ça faisait du bien à mes chaleurs et je ne gênais personne puisque par politesse les clients me contournaient avec leur caddie et je suis entré dans le songe je me disais que d'une certaine façon j'étais à côté de la vie dans ce qu'elle a d'idéal j'ai commencé à penser que je n'avais jamais vu la mer j'ai commencé à me dire que j'avais comme pas vécu et c'est dans ce moment de déchéance que m'est apparue Cypréa la déesse des surgelés elle me dit viens mon petit viens avec moi je vais te montrer le secret de la vie prends ma main et suis-moi je n'en croyais pas mes yeux tant je la trouvais délicieuse avec son sceptre sa voix de reine et ses nattes d'or je lui demande aussitôt si elle est sûre que je peux la suivre elle me répond avec un rire amusé comme je les aime j'attrape sa main blanche et là vous ne croirez pas tant c'est incroyable par rapport à ce qui est croyable et ce qui ne l'est pas elle habite derrière les surgelés Findus dans un grand domaine blanc après je vous cache pas qu'il y caille mais on l'oublie le froid tant son cœur est chaud et ses attentions délicates en plus de gentils pingouins très polis s'enquérant de savoir si j'étais à mon aise m'apportaient de quoi sustenter soif et faim c'était tellement magnifique que j'aurais pu ne jamais en sortir et à dire le vrai c'est un endroit tel qu'on ne sait pas combien de temps on y passe les heures n'ont plus de minutes et les minutes perdent leurs secondes

Elle me dit qu'elle m'attendait depuis longtemps parce que ça fait des années qu'elle m'observe parce qu'elle sait que je suis pas sur terre par hasard et que je ne suis pas ce que je crois être que je ne souffre pas par hasard elle me dit que j'étais une sorte d'élu un christ cosmique et qu'un jour viendra où je devrai conduire l'humanité vers le paradis perdu mais c'est là que Jef le vigile m'a foutu deux claques en me disant oh qu'est-ce que tu fous qu'est-ce que tu fous allongé par terre on ferme il faut y aller maintenant alors moi je l'ai béni mais ça lui a pas fait tellement plaisir et il m'a dit sors ou je te sors je réitère ma bénédiction alors avec ses belles et grandes mains il m'a soulevé si fort que j'en ai versé une goutte énorme dans le pantalon et il m'a jeté si haut que ça m'a remué le cœur et le saint-esprit comme un méchant chien-chien alors en sautillant dans la nuit j'étais trop content d'avoir enfin vécu la providence et résolu le secret de mon mystère je n'arrivais plus à dire les mots et les paroles humaines dans l'ordre je faisais des sons tram des sons vrimvrim des sons rourou qui débordaient et j'ai été partout avec mes bénédictions et j'ai fini par arriver au Corner et j'ai béni tout le monde

Il y avait Jay qui fêtait son anniversaire il a payé la tournée et c'était tellement sympa de sa part que ça m'a donné envie de le bénir lui et tous ses copains j'ai commencé à faire une petite léchouille à chacun mais c'est là que Jay a dit d'arrêter mais vu que je continuais il m'a foutu une torgnole ce qui fait que j'ai perdu du sang et dégouliné encore plus j'ai eu peur de salir le carrelage parce que Martine nettoie tout le temps après les autres alors je me suis dépêché de faire léchouille de faire gougoutte et de faire riri à ceux que j'ai pu mais là personne n'en pouvait plus j'ai reçu des coups à droite et à gauche puis Martine m'a dit d'arrêter m'a mis dehors en me foutant un gros coup de pied au cul elle m'a dit m'en veux pas mais là on n'en peut plus

N'empêche elle a eu bien raison car dehors j'ai eu le temps de réfléchir et je me suis dit que sur ce coup-là j'avais un peu déconné alors pour m'excuser j'ai supplié derrière la porte pour avoir un petit quelque chose et d'avoir glapi à ce point ça a payé car Martine au bout d'une heure m'a laissé revenir et m'a servi un verre de son secret puis m'a fait une gentille tape en me disant allez va je suis monté sur une chaise et j'ai demandé pardon à tout le monde puis j'ai regardé Jayrard ouvrir ses cadeaux et on a chanté pour lui mais le bon de tout c'est que pendant ce temps moi j'ai pu profiter j'allais de verre en verre bon après la tarte aux pommes on a ramassé les bougies et ça sentait la fin plus personne ne disait rien mais heureusement vers 23 heures est rentré mon gars Gontrand tout le monde a repris son verre et ses moyens alors pour m'excuser de tout à l'heure j'ai payé tout à tout le monde puis je me suis éclipsé parce que je sentais que j'avais débordé dans mes vêtements avec mes écoulements et la transpiration diabolique j'ai fait le maximum et heureusement quand je suis revenu avec les autres personne n'a rien vu à part le sourd qui voit toujours tout

Il était je sais pas quelle heure quand nous ont rejoints Jérôme et ses cousins Pierrick et Clément qui ont de l'expérience dans à peu près tout Jérôme a dit j'ai laissé Steffie à la maison puis il m'a attrapé par l'épaule et Pierrick a dit ce soir c'est soirée entre couilles puis il m'a tapé le cul hyper fort en rigolant mais moi avec mes sons et ma transpiration diabolique je n'arrivais pas à parler je lui ai fait mon sourire de d'habitude c'est alors que Clément avec sa casquette zizi m'a mis dans la bouche son très grand biberon avec écrit permis de picoler ça avait le goût de mangue et de punch coco j'ai fait le rire et les yeux que j'ai pu

Martine m'a demandé dans l'oreille si ça allait quand même alors j'ai fait la tête oui oui et elle m'a dit de me méfier de faire très attention qu'ils ont l'alcool mauvais et le sourd nous a servi à tous des bolées d'une ombre qu'il fallait absorber à l'aide d'une petite paille dorée

Pierrick s'est mis à ma gauche et a attrapé mon bourrelet à toute poigne puis il a dit eh ben dis donc alors tout le monde a rigolé je me suis laissé faire pour ne pas le blesser puis Clément m'a dit à ce qu'il paraît t'as fait ton cirque tout à l'heure alors de honte j'ai repayé tout à tout le monde puis j'ai laissé les autres me resservir puis j'ai bu des couleurs marrantes qui m'ont fait cligner les yeux hyper vite j'étais à moitié dans les vapes puis j'ai senti toute ma transpiration diabolique d'un coup me brûler le cœur je voyais plus rien et je suis tombé de mon tabouret j'ai même pas eu le temps de faire mes prières que ça a cogné fort par terre dans mon évanouissement il y avait des taches bleues le cri de Martine des éclats de verre et une marée incessante je me suis évanoui

C'est à l'arrière du Trafic aménagé de Pierrick que j'ai repris mes esprits on roulait à fond sur la quatre-voies je me suis retrouvé derrière allongé de travers au milieu d'un amas d'objets de meubles et d'outillage j'étais entouré de part et d'autre de cordes de lampes de chantier d'un faux landau et d'une mini-cuisine Smoby en plastique rose qui se trouvaient devant une grande palette en bois peinte en vert jaune rouge à ma gauche deux sacs Carrefour remplis de vêtements une débroussailleuse du Roy Merlin une grande rallonge et deux multiprises une tente 2 seconds des morceaux de mousse jaune et un réchaud multi-combustible à ma droite un cadre de vélo en acier B'Twin une grande boîte de piles AA alcalines Duracell trois plots de stationnement des plinthes en métal un tapis de salle de bains I Love New York des serviettes sales trois grosses glacières et de manière plus anecdotique quelques pinces à linge des jeux à gratter une pièce de deux centimes une boule à neige avec une joueuse de banjo en culotte rose à l'intérieur et un morceau d'étagère murale avec un miroir dans lequel j'entrevoyais mon reflet chaque fois que nous roulions sous l'un de ces lampadaires qui vous font le visage jaune c'est clair qu'au milieu de tout ça j'avais pas tellement de liberté dans mes mouvements de là où j'étais je ne voyais que leurs nuques et comme j'étais sage ils n'ont pas vu tout de suite que j'avais ouvert les yeux alors moi j'écoutais Jérôme et Clément se disputer car Jérôme voulait mettre le disque d'Ultimatum Démonium et Clément voulait mettre le disque de Motordeath alors Pierrick le diplomate a dit qu'ils allaient casser le lecteur s'ils continuaient et il a fini par mettre la radio et il a eu raison car ça permet toujours de parcourir une variété de musiques qui finissent toujours par mettre tout le monde d'accord ah oui j'ai oublié de le dire mais c'était trop cool quand sous ma banquette j'ai trouvé un petit Mentos laissé pour compte je l'ai honoré en le suçant lentement avec le bout de la langue laissant fondre doucement la couche enrobante pour atteindre la pâte fraîcheur mentholée qui a fait un bien fou à mes chaleurs ça m'a permis de changer le drôle de goût que j'avais dans la bouche ah lala ce soir-là chez Martine c'est clair que j'avais exagéré les éclairs blancs dans la tête les excès les folies tout en moi s'était mélangé à ce moment je me retrouvais sans mémoire sans goût sans idée j'avais peur d'avoir agi malgré moi tout autour de moi je m'imaginais avoir fait des choses et puis surtout j'arrêtais pas de penser à tout ce qu'ils avaient dû faire pour moi quand ils m'ont relevé et allongé là j'étais très touché je me sentais redevable et reconnaissant j'ai eu une montée d'amour inexpliquée mêlée à une soudaine envie de les prendre dans mes bras très fort mais comme je disais je ne pouvais pas trop bouger alors j'ai essayé de faire des signes en direction du rétroviseur central mais ça ne marchait pas alors j'ai fait mes grands rires beaux et Pierrick a dit regardez voilà notre copain qui vient de se réveiller alors j'ai dit eh oui ça y est en continuant mes rires puis j'ai ajouté comme j'ai pu avec mes mots que j'étais désolé pour tout à l'heure d'avoir gâché la soirée de m'être évanoui et d'avoir fait le con merci oui merci pour tout les gars ah lala j'espérais ne pas leur avoir manqué de respect j'espérais n'avoir blessé personne et comme je n'en savais rien j'ai demandé on va où maintenant alors Pierrick a dit bah on continue la soirée qu'est-ce que tu crois mais on va où tu verras enfile ça plutôt c'était un costume mais vu que c'était hyper compliqué à mettre et puisque c'était très moulant et que je n'y voyais rien c'est Clément et Jérôme qui ont quitté leurs fauteuils passager et ils ont tour à tour enjambé les choses jusqu'à moi et c'est en me tenant la tête et les bras et en insistant bien pour que ça finisse par passer qu'ils ont fini par me l'enfiler wouah quelle victoire alors pour fêter ça Pierrick a ajouté faites-le moi boire son biberon et alors Clément m'a tenu la tête tandis que Jérôme appuyait sur le biberon très fort mais j'ai tout bu d'un coup sans recracher ni salir j'étais fier peu après même si je n'y voyais pas grand-chose j'ai senti que Pierrick avait quitté la quatre-voies et qu'il s'était engagé dans des chemins aux reliefs de plus en plus incertains et comme il est passionné de belles voitures et de vitesse ça nous secouait pas mal à l'intérieur ce qui fait qu'à chaque virage je me ramassais plein de trucs sur la tête heureusement il a fini par s'arrêter il a dit ça y est c'est là on y est moi j'ai eu beau lever au maximum la tête mais de là où j'étais je ne pouvais voir que la nuit sans lune ça fait du bien quelquefois dans la tristesse de quitter ses repères de quitter l'existence pratique et mesurée se laisser pétrir par le hasard et l'accident c'était très excitant d'ignorer totalement où nous étions et puis j'avais totalement perdu la notion du temps je ne savais ni quelle heure il était ni combien de temps avait pu durer la route ah lala les grandes choses se vivent sans montre Pierrick a éteint les feux et c'est vrai que dans le noir de la nuit où nous nous trouvions la radio ne captait plus très bien mais nous sommes quand même restés dans la voiture un bon moment les garçons trafiquaient mélangeaient se passaient des trucs et Clément a dit tiens en attendant que les autres soient prêts je nous prépare une Thunder Bomb alors il a mis le volume à fond puis il a commencé à ouvrir flacons et fioles qu'il a versés et mélangés dans une grosse gourde en plastique bleu et blanc en forme de ballon de foot les trois se sont unis pour bien la secouer et se sont passé la Thunder Bomb à chaque gorgée ils explosaient de rire et se prenaient dans les bras et à un moment ils se sont retournés et ont fait l'effort de se frayer un chemin jusqu'à moi pour me la passer j'ai avalé les dernières gouttes et tout de suite après je ne sentais plus ma langue une chaleur m'a envahi dans les joues avant de parcourir chaque extrémité de mon corps mais très vite cette chaleur s'est transformée en une douleur aiguë et froide qui vous donne l'impression qu'un pic de glace vous traverse j'ai commencé à trembloter des yeux c'est là que Pierrick a dit quelque chose aux deux autres en me regardant ce quelque chose a provoqué un fou rire qui a duré au moins dix minutes tellement ils riaient ben ils pleuraient et morvaient en se tenant par les épaules pendant ce temps moi je me suis aussi forcé à rire pour ne pas les vexer mais j'étais triste car je peinais à échanger avec eux je ne connaissais plus les mots et je commençais à avoir mal aux tympans la radio crachait par alternance de longs grésillements ultraforts mêlés à des voix de radios étrangères qui permettaient parfois en un éclair de percevoir les notes d'un tube bien connu qui les faisaient crier et chanter à un moment Pierrick a demandé à Clément d'aller me détacher c'était fabuleux de pouvoir retrouver ses gestes alors dans l'excitation j'ai fait une grande caresse à Clément qui m'a dit qu'est-ce que tu fais là en me foutant un coup de coude dans le nez alors en entendant le son du choc sur mon visage ça n'a fait que redoubler leurs rires et la fièvre folle Clément et Jérôme répétaient à Pierrick que les autres devaient être prêts mais avant de sortir Pierrick a insisté pour qu'on se fasse des cul sec alors il a saisi un jerrican alimentaire ainsi que quatre tasses dans lesquelles il a versé un liquide vert et bleu qui sentait très fort la cave et le Schtroumpf nous avons bu c'était chaud et salé quelque part ça avait le goût des larmes je ne sais pas combien de tasses il m'a resservies ça nous tournait ça nous faisait des chaleurs à ce stade rien n'était mauvais pour les visions plus on buvait plus il fallait rire et Pierrick a forcé Clément et Jérôme à s'embrasser sur la bouche alors ils se sont fait un piou et ils ont bien failli mourir de rire tant ils rigolaient de but en blanc Pierrick a sorti de sous le fauteuil un masque doré sublime qui doit bien coûter vingt euros en magasin et il a dit c'est moi les gars je suis l'ambassadeur de la nuit et il a dit à Clément et Jérôme je vous nomme étoiles brillez pour moi et emmenez-le c'est alors que Clément est venu vers moi avec un collier et un mousqueton et en moins de temps qu'il n'en faut pour le dire il me tenait avec une petite laisse rétractable et quand nous sommes sortis du Trafic il était gentil car il ne tirait jamais trop sur mon cou ce qui fait que je pouvais encore respirer à mon aise on a marché sur un chemin de terre et de boue très étroit jusqu'à arriver dans la cour d'une magnifique maison en pierre au beau milieu de cette campagne noire et poétique on n'y voyait rien heureusement il y avait un petit groupe de personnes qui sont arrivées avec des torches c'étaient des amis de Pierrick ils sont tous venus vers lui pour l'embrasser chacun lui offrait quelque chose et lui leur donnait le droit de boire dans sa gourde ils nous attendaient et semblaient très excités par notre arrivée ils avaient même préparé des sortes de chants c'était très beau à voir et à entendre ô toi ambassadeur de la nuit jusqu'au matin je jure de t'obéir fais-nous accéder à un trip de folie je boirai pour la joie pour l'amour pour le plaisir puisses-tu transformer l'eau bénite en breuvage pour notre cuite quiconque ne boira pas se verra les poils de bite coupés de ce pas c'était assez marrant parce qu'en fait c'était comme une soirée normale sauf qu'ils étaient tous trop bien fringués en noir et moi je devais porter le costume du petit cochon blanc et à un moment je me rappelle y en a un qui me dit tu veux de la bière je dis ouais je bois et en fait c'était de la pisse ahah et vu que j'étais le petit cochon j'avais le droit de parler à personne je marchais à quatre pattes et je devais sans cesse me faire promener et plus tard au bout d'un moment vu que je n'arrivais plus à avaler la moindre goutte et comme je ne tenais plus sur mes pattes ils se sont mis à me porter et comme je montrais quelque résistance ils ont fini par m'attacher à un arbre c'était dur mais vu que visiblement tous avaient vécu le rite avant moi j'ai pensé que ç'aurait été carrément malvenu que je refuse quoi que ce soit ils me versaient des liqueurs dans la bouche à l'aide d'un entonnoir et alors même que j'étais en train de leur porter ma bénédiction Pierrick m'a écrasé sa cigarette sur le front ce fut le signal alors les autres ont commencé à me lancer à la gueule des bouteilles et toutes sortes de mixtures mais quand j'ai reçu un morceau de parpaing sur ma tempe de cochon je me suis mis à défaillir et j'ai commencé à me dire que c'était pas grave parce que de toute façon il y en aura une autre de vie qui si ça se trouve sera vachement plus chouette il paraît que si on est malheureux dans une vie c'est parce qu'on a fait du mal dans une vie précédente et si on est heureux c'est qu'on y a souffert dans l'autre alors j'ai pas arrêté de penser à Leslie qui me manquait terriblement que j'avais envie de revoir et de retrouver dans une vie meilleure sans ténèbres dans une vie où nos sentiments seraient partagés je suis sûr qu'un jour nos âmes se retrouveront alors dans ma tête j'ai béni tout le monde Maman Leslie Gontrand Martine et même Pierrick Clément Jérôme et les autres qui me mettaient des trucs dans la bouche tout en me demandant de répéter après eux des blasphèmes terribles que je n'arrivais pas à dire les sons en moi ne venaient plus je ne pouvais que couiner et trembloter et ils me donnaient des coups de pied dans les côtes dans la tête et dans les couilles alors j'ai convoqué mon démon une dernière fois pour lui dire au revoir et je lui ai demandé de faire avec moi la dernière prière et c'est la plus belle chose que nous ayons faite ensemble une fois les derniers mots de la prière prononcés mon démon est sorti il m'a dit merci pour tout et une force spéciale m'est venue du ciel dans le cœur je sentais la neige tomber dans ma tête dans mon ventre et un rayon de glace s'est mis à irradier les alentours Cypréa est apparue au-dessus de moi avec son manteau de neige dans une beauté divine et absolue elle me souriait et se dirigeait vers moi avec son sceptre elle m'a libéré de mes liens et m'a dit je suis venue te chercher pour atténuer ma peine elle m'a donné le plus beau et le plus grand morceau de glace que j'aie jamais sucé sur terre puis elle a mis ses deux mains bleues sur mon front et elle m'a dit tu es prêt pour le grand dodo.

RÉALISATION : NORD COMPO À VILLENEUVE-D'ASCQ
IMPRESSION : CPI FRANCE
DÉPÔT LÉGAL : JANVIER 2020. N° 1598 (155337)
IMPRIMÉ EN FRANCE